讀名著・學語文

三國演義

新雅文化事業有限公司
www.sunya.com.hk

讀名著·學語文

三國演義

原　　著：羅貫中
撮　　寫：黃虹堅
封面繪圖：小雲
內文插圖：陳焯嘉
責任編輯：吳金
美術設計：金暉
出　　版：新雅文化事業有限公司
　　　　　香港英皇道 499 號北角工業大廈 18 樓
　　　　　電話：(852) 2138 7998
　　　　　傳真：(852) 2597 4003
　　　　　網址：http://www.sunya.com.hk
　　　　　電郵：marketing@sunya.com.hk
發　　行：香港聯合書刊物流有限公司
　　　　　香港荃灣德士古道 220-248 號荃灣工業中心 16 樓
　　　　　電話：(852) 2150 2100
　　　　　傳真：(852) 2407 3062
　　　　　電郵：info@suplogistics.com.hk
印　　刷：中華商務彩色印刷有限公司
　　　　　香港新界大埔汀麗路 36 號
版　　次：二〇一一年一月初版
　　　　　二〇二四年十月第十三次印刷

ISBN: 978-962-08-5286-2
© 2011 Sun Ya Publications (HK) Ltd.
18/F, North Point Industrial Building, 499 King's Road, Hong Kong
Published in Hong Kong SAR, China
Printed in China

瑰麗的名著

萬翠琳

　　文學名著，具有永久的魅力。一代又一代的讀者，曾從中吸取智慧和勇氣。

　　面對未來競爭性很強的社會，少年兒童需要作好準備，從素質的培養、性格的塑造、心理承受力的加強、思維方式的形成、智力的開發，以及鍛煉堅強的意志，都是重要的課題。家庭教育的單調、學校教育的局限、社會教育的不足，使孩子們面對許多新問題感到困惑。而文學名著向小讀者展現豐富的世界，通過書中具體的形象、曲折的情節，讓讀者學會觀察人，以及人與人的關係，了解錯綜複雜的社會矛盾。可以說，文學名著是人生的教科書，它像顯微鏡一樣，照出人的內心世界和感覺。通過書中人物的命運，了解社會，體會人生，不知不覺地得到啟迪心靈的鑰匙。而名著中文學的美，語言的美，更是滋潤心田的清泉，讓這些瑰麗的名著陪伴着你成長。

導讀

　　《三國演義》是一部歷史小說，敍述內容是從魏、蜀、吳三國的興起至晉朝一統天下的九十七年的歷史，包括了數以百計的歷史人物，是一部偉大的作品。

　　因此，讀《三國演義》時，就不能像讀一般小說那樣，閱讀時要特別注意每個歷史事實和事件發生的地理環境，這樣才能對祖國的歷史和地理有較深的認識。

　　《三國演義》是根據陳壽寫的《三國志》，再加上一些民間傳說來寫的。《三國志》是正史，寫的都是事實，但是《三國演義》就帶有傳奇性和戲劇性的誇張。不過，由於《三國演義》寫得生動活潑，通俗易懂，所以它的影響就比《三國志》更大，在中國和外國都出版了各種版本，而且編成各種戲劇和電影。

　　讀《三國演義》還要欣賞它怎樣突出人物，諸葛亮就是一個例子。諸葛亮才智過人，很有遠見，對劉備又是忠心耿耿。這些，作者都通過許多事情來表現他。事情越突出，越有吸引力，諸葛亮就越感動人。不過作者有時也有偏愛，比如對待曹操。曹操是個梟雄，但是作者寫他「狡詐」的地方多，「英雄」的地方少。到現在，許多戲劇把諸葛亮裝扮得像神一樣，而曹操卻化裝成臉白如粉的奸人，都是受《三國演義》的影響，可見文藝的魅力有多大了！

人物介紹

諸葛亮

（公元一八一──二三四）諸葛亮，字孔明，人稱臥龍先生。漢代琅琊郡陽都人，是一位家喻戶曉的歷史人物。他天資聰穎，才華橫溢，天文、地理、物理，無不涉獵；也擅長兵法，是智慧的化身。他胸懷大志，對劉備三度到訪，請他輔助以振興漢室心存感激，於是毅然答應出山，和曹操、周瑜展開一幕幕引人入勝的智力鬥爭。

劉備

（公元一六一──二二三）劉備，字玄德，涿縣（今河北良鄉縣）人，是漢景帝的兒子中山靖王劉勝的後代。父親早喪，家貧，與母親織蓆賣鞋為生。自小有大志，年長後看見漢王朝衰落，決心振興王室，組織軍隊，與曹操、孫權爭天下。劉備對朋友重義氣，對下屬寬厚仁愛，因而深得人心，成為蜀國的創始人。

關羽

（？──公元二一九）關羽，字雲長，河東解縣（今山西解縣）人。東漢末年，天下大亂，他與劉備、張飛結拜為兄弟，協助劉備打天下。關羽勇猛善戰，重義氣，後人追封關羽為武帝，孔子為文帝，許多地方設有文武廟。民間也尊他為關帝。

張飛

（？──公元二二一）張飛，字翼德，涿郡（今河北涿縣）人。劉備的結拜兄弟，為人直率剛烈、勇敢善戰，與關羽同被稱為「萬人敵」。

曹操

（公元一五五──二二〇）曹操，字孟德，譙縣（今安徽亳縣）人，漢朝末年的政治家、軍事家和文學家。曹操聰明過人，機警而有智謀，趁着天下大亂的時機，挾持天子，號令諸侯，南征北戰，建立了魏國。曹操擅寫樂府詩，他的兩個兒子──曹丕和曹植，也是出色的文學家，一門三傑，成為美談。

周瑜

（公元一七五──二一〇）周瑜，字公謹，廬江舒縣（今安徽舒城）人。出身士族，是孫策的好友，孫策死後輔助其弟孫權。周瑜精於調兵遣將，為人聰慧，他領導東吳在赤壁一戰擊敗曹操號稱八十三萬的大軍，奠定東吳的基礎。

目錄

壹

討黃巾豪傑四方起
劉關張桃園三結義

　　東漢末年，由於朝政腐敗，人民生活困苦，不少人鋌而走險，起來反抗，其中以張角為首的「黃巾軍」聲勢最大。他們有四五十萬人之多，一律頭纏黃巾為標識，攻城陷陣，勢如破竹，官兵十分害怕。

　　其時，黃巾軍又聲稱要進攻幽州城，幽州太守心急如焚，便四處張貼榜文，招募英雄好漢對抗這些黃巾軍。

　　涿縣有一人，姓劉名備，是漢室中山靖王的後代。他身材高大，兩耳垂肩，雙手長過膝蓋，眼睛能看到自己的耳朵，臉色如玉，嘴唇就像塗過胭脂一般紅潤。他性格溫和，胸懷大志，喜歡結交天下的豪傑。他自小沒有父親，對母親極為孝順，賣鞋織蓆奉養母親。

劉備家的東南面有棵高大茂盛的桑樹，遠遠看去就像是車子的頂蓋一般。看相的人説：「這家將來一定會出貴人。」劉備小時候和小伙伴們在桑樹下玩耍時，曾説過：「我如果當了皇帝，一定要用這麼大的華蓋。」他的叔父聽到這句話，驚訝地説：「劉備這個孩子不是一般的人啊！」

這天，劉備進涿縣城賣鞋賣蓆，看到榜文，感慨地歎了口氣。

他身後有人大聲喝道：「大丈夫不為國家出力，在這裏歎什麼氣啊！」

劉備回頭一看，説話的人身高八尺，長着個豹子頭，眼睛圓圓的，滿腮長着硬硬的鬍子，説話聲響如洪鐘，顯得十分威猛。劉備知道對方不是個平凡之輩，便上前行禮，請教他的姓名。

那個人大聲回答：「我姓張名飛，是做賣酒殺豬生意的，我最喜歡與英雄豪傑結交。你剛才為什麼唉聲歎氣呢？」

劉備説：「我是漢朝皇室的宗親，叫劉備。現在黃巾軍到處作亂，我有心為國家出力，可惜力量不夠，所以歎起氣來。」

張飛豪爽地説：「我家裏還有一些田地，不如拿出來變賣，然後招募兵士，和你一起去幹一番大事。你看怎樣？」

劉備覺得和張飛很投契，十分高興，二人便來到一家酒店喝酒談天，共商大計。

討黃巾豪傑四方起　劉關張桃園三結義

他們正喝得高興，只見一個大漢推着一輛車子在酒店門口停下，向着酒保招呼道：「快拿酒來，喝了我要進城投軍去呢！」

這個人有九尺高，長鬚齊胸，紅光滿面，十分威武，一看便知不是個平常的人。

劉備和張飛連忙起身，邀請他同來喝酒，請教他的姓名。

那個人說：「我叫關羽，表字雲長，在家鄉曾殺惡霸，現在逃避在外，已有五六個年頭了。」

劉備和張飛都十分佩服他，便把自己的志向告訴他。三個人哈哈大笑，說：「我們三個原來是志同道合的啊！」

張飛乘興邀請他們一起到自己家商議報國大事。

他們來到張飛的家，只見後園有一片桃林，桃花正當開花時節，花紅葉綠，十分美麗。張飛提議：「我們既然有共同的志向，不如明天就到園中去祭拜天地，結成異姓兄弟，同心去消滅黃巾軍，共同成就大業。不知你們意下如何？」

劉備和關羽當下便答道：「這真是太好了！」

第二天，這三個胸懷大志的年青人，如約來到桃園，擺好黑牛白馬等祭品，然後燒香發誓說：「我們劉備、關羽、張飛三人在此結拜兄弟，為的是同心協力，救國救民！我們不求同年同月同日生，但求同年同月同日死。蒼天在上，請為我們三人的志向作證！」

　　三人當中，劉備年紀最大，排行第一；關羽排行第二；張飛年紀最小，排行第三。

　　他們又得到兩位富商的資助，有了些馬匹和銀兩，連忙趕製兵器，招募了五百多個壯士，組成一支隊伍，到涿縣應募去了。

　　過了幾天，黃巾軍的程遠志果然領兵前來進犯，幽州太守派劉、關、張三人和五百人馬前去迎戰。程遠志先派出副將出戰，張飛挺着他的長矛上前，只幾個回合，就把那副將刺下馬來。程遠志被激怒，拍馬直向張飛衝去。

　　關羽見情勢危急，忙領着一支人馬衝出去。程遠志來不及躲避，被關羽的大刀斬為兩段。

　　黃巾軍見主將身亡，急忙四下逃跑。劉備帶兵追殺上去，打了個大勝仗。

　　幽州太守十分高興，設酒宴慰勞軍士。席中傳來青州太守求救的消息，原來黃巾軍圍住了青州。劉備聽到這情況，便道：「我願意帶兵去救援。」

　　他們到了青州，才知道黃巾軍人數很多。劉備等人一時不能取勝，只好撤退三十里，兄弟三人另議計策。劉備說：「敵人兵多，只有用智謀才能取勝。」當下便令關羽、張飛各領一千人馬，到山邊兩面埋伏。

　　第二天，劉備領着人馬迎戰黃巾軍。雙方打了一陣，劉備假裝敗退，引敵人追趕，並敲鑼傳遞信號，埋伏在山左右

兩邊的關羽、張飛，一齊帶兵殺出。劉備一隊人馬也回身反攻，黃巾軍三面受攻，慌忙後退。劉備他們乘勝追趕，終於解救了青州被圍的危險。

　　青州一仗以後，劉備從前的老師中郎將盧植，派遣劉備到穎川再去迎戰黃巾軍。那裏的黃巾軍已被官兵打得七零八落，逃兵中途又被騎都尉曹操的人馬追趕，更是喘不過氣。曹操在此仗中大勝，奪得了許多馬匹、金鼓和旗子。

　　劉備等人怕黃巾軍逃兵會去襲擊盧植，便趕回去幫助他，途中遇到一輛囚車，被囚的正是盧植。

　　盧植說：「我因為沒有繳納賄賂，被人誣告。朝廷怪罪我不與黃巾軍作戰，派中郎將董卓代替了我的職位，捉我進京。」

　　張飛氣得雙目圓睜，不顧劉備的阻撓，「嗖」的一聲拔出刀就要殺押送盧植的官兵，嚇得他們慌忙拖着囚車逃命。

　　關羽對劉備說：「既已換了董卓做將領，我們就是回去投奔，也不見得會重用我們，不如還是回涿縣吧！」

　　劉備也同意他的話，便帶兵回去，途中剛好遇到黃巾軍追殺董卓。三人立刻率領軍士飛馬衝上前去解救，一陣衝殺後，終於救出董卓。

　　董卓問劉備等人的官職，劉備說：「我們沒有做過什麼官。」

　　董卓一聽，便現出傲慢的神氣，獨自走進軍營中去，把

他們三人留在外面。

張飛頓時火冒三丈,大聲嚷道:「我們用性命去拚戰,才救出這混蛋,他卻如此對待我們,我要去殺了他,否則心頭這口怨氣實在難消!」

劉備和關羽上前勸阻,張飛仍暴跳如雷,要上馬離去。劉備和關羽都說:「我們三人是結義兄弟,應同生共死,不可分離,倒不如一起投奔別處吧!」

三人便去投靠中郎將朱儁,朱儁非常尊重他們。

朱儁帶領劉備等去攻打被黃巾軍佔領的宛城,雙方打鬥了許久,未能分出勝負。朱儁暫時撤下,正要紮下營帳,見來了一隊官家軍馬,為首的將領,廣額闊面,虎背熊腰。朱儁上前拜見,才知對方是前來接應的孫堅。

朱儁重新布陣,派孫堅攻打南門,劉備打北門,自己打西門。孫堅作戰十分勇猛,在幾方合力作戰下,黃巾軍佔領的宛城終於被攻下了。

立下戰功的曹操、孫堅等人,戰後都得到了封賞,惟有劉備沒有得到任何升職的機會。當時朝廷的政事把持在十個太監,也就是「十常侍」手中,辦事十分不公平。許久,皇帝才降下詔令,讓劉備當一個小小的縣尉。他到任之後,對老百姓十分仁厚,老百姓對他也十分愛戴。

可是,朝廷不久又頒布了一道詔令,說是立過軍功而得到官職的人都應淘汰。這天正好是督郵到各縣考察政績,劉

備便帶人出城迎接，但督郵的態度十分傲慢。劉備上前行禮時，他只是把手中的馬鞭揚了一下作為答禮。關羽、張飛看了都很氣憤。劉備怕他們得罪督郵，叫他們先回去，自己親自送督郵到驛館去。

督郵是個貪心的人，一心希望劉備給他送禮。但劉備卻從不懂賄賂，只是態度恭敬地在一旁等着督郵的吩咐，督郵只好沒話找話，問劉備的出身。劉備答道：「我是中山靖王的後人，曾打了三十多仗，因此才得到這個職位。」

督郵忽然大發脾氣：「你冒充皇親，虛報功績，現在朝廷正要革掉你們這些貪官污吏！」劉備也不敢說什麼，只好退下。

劉備明知督郵發怒是為了索取賄賂，他向縣吏歎息道：「我從來沒有向老百姓勒索過，哪裏有錢給他呢？」

督郵決意要給劉備加一條貪污害民的罪名，劉備得知，幾次求見督郵解釋，都被阻撓。

這一天，張飛因為督郵的事心裏很不痛快，到酒店喝了幾杯悶酒，帶着幾分醉意回去。

走至驛館門前，看見有五六十個老人正在痛哭。張飛很奇怪，上前詢問原因。老人們回答說：「督郵要陷害劉大人，我們是來為劉大人求情的，不料他們不但不放我們進去，反而把我們毒打了一頓。」

張飛一聽，心內壓抑已久的怒火再也忍不住了。他把牙

齒咬得咯咯響，跳下馬來，大步衝進驛館去。在大廳正好見到督郵，他大喝了一聲，上前一把揪住他的頭髮，扯着就拉他往外走。

老百姓一見，都拍手稱快。

張飛把督郵綁在拴馬的大樁上，折下一枝柳條，朝督郵的兩腿使勁地抽打，一連打斷了十幾根柳條。督郵疼得像殺豬般大叫，連聲求饒。

劉備聽到外面吵吵鬧鬧，出來察看，見到眼前景象，大吃一驚，說：「三弟你在幹什麼？」張飛正打得性起，指着督郵罵道：「這種害民賊，不打死他又有什麼用！」

督郵連忙高聲叫劉備：「快來救我性命！」

劉備心一軟，忙喝住了張飛。

關羽上前說：「哥哥你立了那麼多戰功，也只做了一個小縣尉，還要受督郵的欺辱。現在的世道，好人受氣，壞人當道，我們兄弟難以容身。不如把督郵殺了，我們這官也不做了，回家鄉去再作別的打算吧！」

劉備點頭同意，取出了縣尉的官印，掛在督郵的脖子上，把他斥責一番，只帶着來時帶的二十多名隨從，便要離開。當地的老百姓都很捨不得他們走，扶老攜幼的送他們出城。

督郵被張飛打了一頓，又羞又惱，回去便把這事報告上司。那上司便派人到處張貼榜文，捉拿劉備。

劉備他們三人投奔到別處，在平定漁陽的太平軍戰役中立了大功。於是，朝廷便赦免他們鞭打督郵的罪，還任命劉備當平原縣的縣令。

◆ 討黃巾豪傑四方起 劉關張桃園三結義 ◆

貳

曹操謀刺董卓
陳宮捉放曹操

在平定黃巾軍中立了戰功的曹操，從小就和別的孩子不一樣。他喜歡到處去打獵，能文能武，內心還很有計謀，能隨機應變。

曹操的叔父覺得曹操太過放任，便向他的父親告狀。曹操的父親便責怪曹操不該那麼懶散。

曹操心內很不服氣，有一天，他看到叔父走過來，心生一計，連忙裝出抽搐的樣子倒在地上。叔父看見後很緊張，跑去告訴曹操的父親，曹父忙去看曹操，他卻又恢復了平日的樣子。曹父問：「你叔父說你抽搐，現在沒事了嗎？」曹操回答：「我一向沒有這種病。只因叔父不再喜歡我了，才在您面前冤枉我。」曹父聽信了他的話，以後曹操的叔父再

向他數落曹操的過失，曹父便不再聽進心中去了，曹操從此便更加放任自己。

當時有些相士評論曹操説：「這人能文能武，漢室就要滅亡了，安定天下的，一定是這個人呀！」

曹操曾去見過一個會看相的人，問他：「你看我是個怎樣的人？」那人回答説：「你是治世的能臣，亂世的梟雄。」曹操聽到這句話，十分高興。

曹操二十歲時，曾出任洛陽的北都尉。他剛到任，就在縣城四個門口各放了十餘根五色棒，用來懲罰違犯禁令的人。他執行刑罰的時候，並不理會那些人是否權貴。

有個大官的叔父在夜裏提着大刀行走，違反了當時的禁令，曹操正好出外巡夜，便命令手下用五色棒打他作為懲戒。由於他執法嚴明，名聲越來越響了。

再説董卓在和黃巾軍作戰時，常常失敗，朝廷原打算懲罰他。但他用金錢財物巴結皇帝身邊的太監「十常侍」，不但免去罪名，反而升了官，最後還做了丞相，掌握了朝中大權。董卓仗勢欺人，無惡不作，朝廷的官員和老百姓都十分痛恨他。

朝中的大臣、官職任司徒的王允也日夜想着除去董卓，只是想不出什麼好的辦法。

有一天，王允以生日為理由在家中設下酒席，招待一羣舊朝臣。大家正在喝酒，王允忽然掩臉大哭，大家又吃驚又

曹操謀刺董卓　陳宮捉放曹操

奇怪，問道：「今天是司徒生日，理應高高興興，怎麼反而這樣悲傷呢？」

王允説出了真相：「其實今天不是我的生日，因為怕董卓起疑心，所以才用過生日的名義請大家前來。現在董卓掌握了大權，殘害百姓，國家的前途太危險了。我想起我們祖宗打下的漢朝大好江山，就要亡在董卓的手中，所以才傷心得哭了。」其他的人聽了，也不由得跟着哭起來，但誰也想不出什麼好計策。

席中有一個人，見滿朝文官武將齊齊流淚，拍着手掌大笑，説：「你們從黑夜哭到天明，從天明哭到黑夜，就能哭死董卓了嗎？」王允朝説話人看去，原來他正是曹操。王允生氣地説：「曹操，你和你的祖宗都是吃漢朝糧，現在你不為國擔憂，反而在那裏大笑？」

曹操説：「我是笑你們這麼多人竟想不出一條計謀。我雖然沒有什麼才能，但我願去割下董卓這個奸賊的頭，掛到城門上，使天下人心大快。」王允聽出曹操很有一番志氣，忙問：「你有什麼好主意嗎？」

曹操説：「最近我常常藉故接近董卓，無非要取他的頭。現在董卓很信任我，實現我心願的時機到了！聞説司徒有一口七星寶刀，希望能借給我去刺殺董卓，就是我自己死了，也無遺憾了！」

王允十分感動，親自斟酒去敬曹操，又取出寶刀交給

他。曹操藏好刀，捧起酒杯把酒一飲而盡，然後向官員們告別走了。

第二天，曹操帶着寶刀來到董卓的丞相府，只見董卓坐在臥室的牀上，他的義子呂布站在一旁，董卓問：「你怎麼來得這麼晚？」曹操找藉口說：「啊，我那匹瘦馬走得實在太慢了！」董卓轉身對呂布說：「剛好有人送了些好馬給我，你親自去挑一匹好的送給曹操吧！」

呂布走後，曹操想拔出刀來殺董卓，但又擔心他反抗，便不敢輕率動手。董卓身子肥胖，坐久便覺得累了，於是臉向着裏面躺下，曹操馬上拔出刀要刺向董卓。誰知董卓從穿衣鏡中看到了曹操的舉動，急急轉過身問：「你要幹什麼？」

這時呂布已牽着馬來到樓外，曹操見時機已失，即時改變計劃，舉刀跪下，說：「我有一口寶刀，想獻給丞相。」董卓接過刀細看，只見那刀嵌有寶石，十分鋒利，果然是把罕有的好刀，他十分高興，叫呂布收下。

董卓帶曹操出去看馬，曹操裝出感激的樣子說：「多謝丞相賜我好馬！我想騎上去試一試。」董卓叫人配上馬鞍，把馬交給曹操，曹操騎上馬，一走出丞相府，便快速地朝東南方跑了。

呂布覺得曹操十分可疑，對董卓說：「剛才我進來時，發現曹操像是要刺殺您，被您喝一聲嚇住，他才假裝說是來獻刀的。」董卓思前想後，也很懷疑。

二人正在説話，董卓的一個謀士李儒來了，二人便把這事告訴他。

李儒説：「現在可以派人叫他回來，他如果馬上到，剛才就是來獻刀的；如果不到，那就是來行刺的，可以馬上把他抓起來。」董卓便派了四個人去叫曹操。

那四個人回來報告説：「曹操根本沒有回家，騎着馬飛快地出了東門。看門人問他為什麼走得這麼急，他説是丞相有緊急的公事派他出門。」李儒判斷説：「這傢伙作賊心虛逃跑了，剛才肯定是來刺殺丞相您的啊！」

董卓大怒，説：「我這麼重用他，他倒反過來要謀害我！」李儒又説：「曹操這個行動一定會有同謀者，等抓住他一審便知道。」

董卓下令四處張貼曹操的畫像，要捉拿他。

再説曹操逃出城外，一路上不敢停留。有一天，他路過一個縣城，被那裏的軍士捉拿起來，帶去見縣官。曹操假稱自己是商人，縣官細看了一會，把他認出來了。

到夜深時，縣官叫人把曹操帶到後院審問。他問曹操為什麼要刺殺丞相？曹操不耐煩地説：「小麻雀哪裏知道大鴻鵠的志向啊！你既然捉到我，就去領賞吧！別囉嗦了！」

縣官十分佩服，令左右退下，才説：「你不要小看我，我不是那種見錢眼開的小人，只可惜一直碰不上賢明的主人。」他又問曹操有什麼打算，曹操説：「我要回鄉，發文

告動員各地的諸侯聯合起兵，殺掉董卓！」

縣官內心也十分痛恨董卓的所作所為，聽了曹操一番話，又感動又佩服，便親自為曹操鬆綁，扶他坐了上座，衷心地稱讚說：「先生真是個對國家忠心耿耿的義士啊！我叫陳宮，十分欽佩先生對國家的一片忠誠，我寧願丟去官職，也要跟您除去董卓！」曹操十分高興。

當夜陳宮準備了路費，二人換了衣服，各背一把劍，騎馬直奔曹操的家鄉。

他們走了三天，來到一個地方，天色已黑，曹操用馬鞭指著前面的樹林說：「這裏的主人呂伯奢，是我父親的結拜兄弟，我們去他家歇一夜，打聽一下我家鄉的情形吧。」

呂伯奢見到曹操，又高興又擔心，說：「我聽說朝廷出了布告要抓你呢！你父親已到其他地方躲避了。你是怎麼來這兒的呢？」曹操便把事情一五一十說了一遍，還介紹了陳宮，說：「如果不是陳縣令，我早就不在這世上了。」

呂伯奢聽罷連忙向陳宮行禮，感激不盡地說：「我侄兒如果不是碰到您，曹家就完了。」說罷熱情地留他們在呂家休息，自己進裏屋去了。過了一會兒，呂伯奢出來，說：「家裏沒有好酒，我到西村去買些回來招待你們。」說罷，他急急騎上毛驢就走了。

曹操和陳宮等著等著，忽然聽到傳來一陣磨刀聲。曹操起了疑心說：「呂伯奢說去打酒，這行為很可疑，我們要偷

偷留意他們在幹些什麼。」

　　二人便輕輕走到後院，只聽有人說：「用繩子捆起來殺，好嗎？」曹操一聽，吃了一驚，說：「聽，原來是要殺我們，現在如果不先下手，我們就要被抓住了！」於是他拔出劍和陳宮徑直衝進去，不分男女，見人就殺，前後共殺了八個人。

　　他們一直殺到廚房，卻看見灶前捆着一口豬，周圍是正準備殺豬的用具，兩人才明白是一場誤會。

　　陳宮跺着腳對曹操叫道：「你太多心，錯殺好人了！」兩人便急忙騎上馬，匆匆地離開此地。走出不到二里地，就碰到騎驢回來的呂伯奢，他手裏提着許多食物。

　　呂伯奢叫住曹操二人，奇怪地問：「你們為什麼要走啊？」曹操支支吾吾說：「我是有罪的人，不敢呆太久。」呂伯奢熱情地挽留他們，說：「你們就住一夜吧，我已吩咐家人殺一口豬，好好招呼你們了。」曹操忙推三推四，還是堅持走了。

　　走了幾步，曹操想想覺得不妥，忽然拔出劍，轉身趕上呂伯奢，大叫道：「那邊是什麼人來了？」呂伯奢一轉臉，曹操便揮劍砍下他的頭。陳宮萬萬沒想到曹操會下此毒手，驚叫一聲，幾乎從馬上掉下來。他問：「剛才殺人是因為誤會，現在又為了什麼啊！」曹操說：「呂伯奢回到家，見到家人被殺，哪裏肯罷休？如果他帶人來追，我們就完了！」

　　陳宮十分痛心，說：「你明知呂伯奢是好人，還要故意

殺他，這實在是最大的不仁不義！」曹操卻不以為意，淡淡地說出自己的見解：「我是寧肯讓我對不起天下的人，決不讓天下的人對不起我。」陳宮沉默了，後悔自己跟錯了一個狠心之徒。

晚上在客店留宿，陳宮本想拔劍殺掉曹操，後來轉念一想：「我是為了國家才跟他逃亡的，殺了他就不夠仁義了，倒不如離開他算了。」第二天天未亮，陳宮便悄悄地走了。

第二天一早，曹操醒來不見了陳宮，也不敢留得太久，急急離去，趕回家鄉。

叁

關羽杯酒斬華雄
孫堅救火得玉璽

曹操獨自回到家鄉，賣掉家財，招兵買馬，組織起一支
人馬。他又發出一道檄文，邀請各地的諸侯共同發兵，會師
討伐董卓。

北平太守公孫瓚接到檄文，決定起兵響應，便帶兵前往
會集。路上遇到劉備、關羽、張飛等人，勸他們同去。劉備
等人知道是去參加討伐董卓的行動，馬上帶了人馬跟從公孫
瓚出發。

發兵的諸侯還有渤海太守袁紹、長沙太守孫堅、南陽太
守袁術等人，共有來自十七個鎮的諸侯和他們的軍馬。曹操
十分高興，殺牛宰馬，熱情地招待他們。在宴會上，諸侯們
公推袁紹做率領全軍的盟主。袁紹發布命令，命孫堅為先鋒，

帶兵去討伐董卓，又命袁術負責糧草接濟。

董卓接到消息，慌忙召集手下商議。他的義子呂布主動出來請戰，董卓大喜，說：「我有一個這麼英勇的兒子，可以安睡了。」

這時有人高聲叫道：「殺雞不用牛刀！何必要呂大將軍出馬呢？派我去便足夠了。」說話的人原來是一員勇猛的將軍，名叫華雄。

董卓十分高興，委派華雄出關去迎戰孫堅等人。這時，眾諸侯中有人怕孫堅搶了頭功，另派兵馬搶到孫堅之前去向董卓挑戰，正好遇上華雄，被華雄打得大敗。

董卓得知消息，馬上升了華雄的官職，賞賜給他許多財物。

孫堅帶着兵馬來到洛陽城下的汜水關，華雄出兵迎戰，兩軍混戰了一場。孫堅見攻不下城，天色也晚了，便收兵安下營寨，一面派人向盟主袁紹報告情況，一面派人到袁術那裏催糧。誰知袁術怕孫堅破了董卓，勢力增大，會威脅到他的地盤，便不理來人再三請求，不肯發糧。孫堅軍中缺糧，軍心慌亂，華雄乘機摸黑去孫堅營中攻打。孫堅的人馬半夜驚醒，突圍而逃，兩軍一夜交戰。孫堅頭上戴的紅幘*，在月光下分外耀眼，華雄便盯着紅幘追殺。後來，

＊幘：包頭髮的巾。

孫堅一名手下和他調換了頭幘，才引開華雄，保住了孫堅的性命。

盟主袁紹收到孫堅的敗報，連忙召集眾諸侯商議對策，問：「這回如何是好？」眾諸侯一時無言以對。

此時，華雄殺到，袁紹先後派出二員戰將，都被華雄輕易地斬了。袁紹知道後，便連聲歎氣，惋惜自己手下的大將軍不在，不能去收拾華雄。

這時，一名紅臉長鬚的大漢，威風凜凜地站出來，高聲叫道：「小將願去取華雄的頭回來！」袁紹問他的來歷，公孫瓚忙介紹他是劉備的義弟關羽，是一名馬弓手。

南陽太守袁術生氣了，說：「你以為我們軍中沒有大將了嗎？哪裏輪得到一名小小的馬弓手說話，把他拉出去！」盟主袁紹也說：「十七鎮諸侯會集，有數百員大將，派一名馬弓手迎戰，只怕華雄要恥笑！」關羽被激怒了，朗聲說：「我如果斬不了華雄，甘受軍法處置！」

曹操本來就看不慣袁術他們的盛氣，這時更是欽佩關羽的氣概。他上前斟了一杯熱酒敬給關羽，說：「將軍出戰前先喝下這杯酒吧！」關羽接過酒放在桌上，說：「待我斬了華雄，回來再喝！」

關羽大步走出軍帳，提着大刀，上馬奔出寨去。他忽地衝到華雄跟前，令華雄大吃一驚，來不及招架，被關羽一刀砍下腦袋。

關羽杯酒斬華雄　孫堅救火得玉璽

關羽手提華雄的首級*，飛馬回營，把首級擲到眾諸侯面前，眾人都大吃一驚。

曹操十分佩服，忙端起剛才那杯酒獻給關羽，那杯酒還微微燙手呢！

張飛站出來，叫道：「我哥哥斬了華雄，不如乘勝追擊，殺入關中，活捉董卓！」

袁術又生氣地喝道：「我們這些大臣大將都還沒有說話呢！誰讓你這名小士卒耀武揚威了？來人，把他們趕下去！」

曹操忙又出面勸阻，袁術臉色一變便走了。曹操怕誤了大事，忙安慰劉備等人。

再說董卓得知華雄被斬，連忙布置了兵力，派呂布前去阻截眾諸侯的進攻。

呂布本來就英勇善戰，一下子就殺了幾員大將，最後與公孫瓚交戰。戰了數個回合，雙方不分上下，公孫瓚漸漸覺得體力不支。張飛見狀，連忙出來助陣。二人連戰了五十多回合，不分勝敗，關羽、劉備忍不住也加到陣中，三人圍着呂布廝殺，像走馬燈一般，八路人馬都看呆了。最後呂布終於招架不住，退回自己的城關。八路諸侯打了勝仗，一面向劉備兄弟賀功，一面派人向袁紹報捷。

＊首級：人頭。

　　袁紹立即下令孫堅起兵。孫堅一直氣惱袁術不發糧草，前往袁術處問罪，說：「我本來和董卓沒有私仇，領兵來參戰，完全是為國家討賊，你怎麼不發糧草，令我軍士受損？」袁術被當面質問，連忙惶恐地向孫堅道歉。

　　孫堅回到自己軍中，正要出兵，董卓的使者李傕求見。他是奉董卓之命來說親的，他說：「丞相敬重將軍，想把女兒許配給將軍的兒子。」孫堅大怒，把李傕趕了出去。

　　董卓原想派李傕去拉攏孫堅，計策沒有成功，他很是心煩。李儒勸他馬上把首都從洛陽遷到長安，避開洛陽附近的各路諸侯。

　　董卓採納了李儒的建議，不顧手下一些人的反對，也不顧騷擾百姓，馬上著手遷都。他派軍士去劫掠富戶，殺了許多人，搶了許多財物，把全城的百姓趕往長安。一路上百姓又凍又餓，死傷無數。

　　董卓的人馬離開了洛陽，他就下令四處放火，把洛陽城燒成一片焦土。

　　孫堅按照袁紹的命令發兵進洛陽城，見處處火光熊熊，便先去救火，卻從宮中的井中打撈出一顆傳國玉璽。

　　眾諸侯殺到洛陽，曹操勸袁紹道：「董賊現正倉皇遷逃，勢窮力竭，應趁這個機會消滅他！」但袁紹卻以兵馬疲乏的理由拒絕了。

　　曹操覺得眾諸侯大多數是目光短淺之人，不能共圖大

關羽杯酒斬華雄　孫堅救火得玉璽

事，便領着自己的人馬去追趕董卓。半路遇上呂布，二人上前交戰，打得難分勝負。這時，忽聽到鼓聲震動，原來是董卓另外兩員大將從左右包抄殺過來。戰亂中，曹操的手腕中箭，帶傷逃命。哪知剛轉上山坡，就被草叢中埋伏的敵軍砍了他的馬腳，曹操掉下馬來，被敵軍生擒。幸好一名忠心的部下及時趕到，救出曹操。但是這一仗，已使曹操損失慘重，一萬多的人馬只餘下五百多人，曹操只得帶了剩餘的人馬回洛陽城去。

再說孫堅得到了傳國玉璽，心中暗暗高興，心想：「現在正是戰亂時期，誰都可以做皇帝，我又何必再和其他諸侯混在一起呢？」便打算回到江東去發展自己的勢力，他去向袁紹辭行，說自己生了病，要回鄉治病。

袁紹已從一名孫堅手下的密告中得知玉璽一事，聽了孫堅的話，便心中有數地一笑，說：「你得的大概是傳國玉璽病吧？」

孫堅一聽，臉色一變，但還強作鎮定，說：「我不明白盟主在說什麼？」

袁紹生氣了，說：「玉璽是朝廷寶物，你得到了，應交給盟主我呀。」

孫堅不肯承認得到玉璽，還發誓說：「如果我得到傳國玉璽，就不得好死！」

袁紹把來報告的孫堅手下叫出來，和孫堅當面對質。孫

堅大為光火，拔出劍就向那手下刺去，袁紹也拔出劍來，要和孫堅拚殺。

眾諸侯連忙上前勸阻，孫堅怒氣沖沖走出軍帳，即時召集自己的人馬，按原來的計劃回江東去了。

曹操見此情景，十分失望，對眾諸侯討伐董卓已失去信心，不久也帶着自己的人馬離開，投奔別處去了。

過了幾天，各路諸侯的軍馬紛紛開拔*離去，連盟主袁紹也離開洛陽，回他的領土去了。

眾諸侯匯聚討伐董卓的事，開始時轟轟烈烈，最終卻因不和而草草收場。

關羽杯酒斬華雄　孫堅救火得玉璽

*開拔：整支隊伍一起出發起程。

鳳儀亭貂蟬用計
謀篡位董卓滅亡

董卓自從做了丞相，權勢越來越大。他用黃金、明珠、玉帶和好馬「赤兔」，收買了呂布，呂布便殺了義父丁原，改投董卓做他的義子，董卓自此做壞事便更加沒有顧忌。

有一天，董卓大宴百官。席間，呂布匆匆進入，在董卓耳邊密語，只見董卓冷冷一笑，大喝一聲，命令呂布把一個官員揪下去殺了。不一會，下人便用托盤托着那人的頭顱獻給董卓。

百官嚇得面無人色，董卓卻談笑如常，說：「這人勾結我的敵人袁術害我，所以才把他斬了，大家不用害怕。」

司徒王允回到家中，回想方才酒席的情形，又氣憤又擔憂。到了深夜，他還不能入睡，便到後花園散步，想起董卓

對國家的危害，不由得對着天空流淚。

忽然，他聽到牡丹亭旁傳來一陣陣歎息，輕步走去一看，原來是府中的歌女貂嬋，正獨自對月長歎。

貂嬋自小被選入王府，接受歌舞訓練。現在她已十六歲，長得十分漂亮，王允待她就像對親生女兒一般。

王允對着貂嬋高聲喝道：「你深夜在這裏長吁短歎，莫非有什麼私情嗎？」貂嬋吃了一驚，連忙跪下，說：「大人請容許我說說心事吧！」

原來貂嬋見王允近來心事重重，愁眉不展，料想到是國家有憂患之事，但自己又無法為他分憂，便惟有躲在這裏歎息。貂嬋懇切地說：「我自小受到大人的撫養，情義深厚，我就是去死，也報答不了大人恩情的萬分之一。如果大人有用得着我的地方，請開口吩咐吧，我是決不會推辭的。」

王允這才知道貂嬋是個明白事理的女子，他忽然想到一條連環計，連忙招呼貂嬋進入屋中，對她說，現在朝廷內有董卓、呂布父子橫行霸道，滿朝文武都無計可施，他打算先把貂嬋嫁給呂布，再把她獻給董卓，使父子二人成為仇敵，再借呂布之手殺掉董卓，以消滅這個大惡人。貂嬋慷慨應允了。

第二天，王允叫來一個高明的工匠，把家中珍藏的明珠嵌成一頂金冠，派人送給呂布。呂布收下金冠，說要親自上門道謝。

　　呂布上門時，王允已備下酒菜，把他請到上座。呂布假裝客氣道：「我一員小將，怎好在大臣面前放肆啊！」王允乘機吹捧道：「當今天下，只有將軍配稱英雄，深得我的敬佩。」

　　酒席中，王允殷勤敬酒，嘴裏不住地讚揚董卓和呂布，呂布更加洋洋得意。

　　酒喝到一半，王允吩咐貂嬋出來侍候。呂布馬上被貂嬋的美貌吸引了，王允趁機對呂布說：「我十分敬重將軍，想把小女許配給將軍為妻，不知將軍覺得怎樣？」呂布十分高興，起身謝了又謝。

　　酒席完了，王允對呂布說：「等挑個吉利的日子，再把小女送到將軍府吧！」呂布再三拜謝才離去。

　　幾天後，王允在朝廷上見到董卓，趁呂布不在身邊，便邀請董卓到家中喝酒，董卓一口答應。

　　第二天，董卓來到王府，王允用十分隆重的禮節來接待他，還說：「太師的功德，古今無人能比得上。」董卓聽了十分高興。王允又故意說：「太師啊，當今朝廷天子懦弱無能，太師應早些登大位掌管天下！」董卓更是高興得哈哈大笑。

　　王允接着吩咐貂嬋出來獻藝。貂嬋又歌又舞，董卓讚不絕口，他叫貂嬋走近前來，更被她的美貌吸引了。

　　王允見時機已到，便說：「我想把小女獻給太師，不知

太師願不願意接納？」董卓大喜，再三道謝。

王允立即吩咐備車，讓貂嬋跟董卓回相府。王允還親自把董卓送回去才告辭離開。

回去的路上，卻遇到呂布。呂布質問王允把貂嬋送給董卓是何居心。王允連忙把呂布請到王府，編了一套謊話解釋說：「太師聽說小女許配了將軍，一定要來親自看一看，還說今天是吉日，要把她帶走許配給將軍呢！」

呂布信以為真，忙向王允道歉，告辭了。

第二天，呂布到相府打聽，卻不見有什麼動靜。於是他偷偷溜到董卓的卧房，想窺探一下情況。

貂嬋正在窗下梳頭，忽然從窗外荷花池的倒影中見到呂布，連忙掩住臉，裝作落淚。

呂布以為貂嬋想念自己，想闖進去，又怕驚動董卓，只好先退下。

貂嬋按王允的計謀行事，裝出對董卓真心真意的樣子，對他服侍得十分周到。董卓患了小病，貂嬋更是日夜小心照料，令董卓對她更加寵愛。

呂布前去相府探病，董卓還沒起牀，貂嬋見到呂布，從牀後探出身子，雙眼直望着呂布，用手指指心，又指指董卓，連連抹淚，表示自己被董卓霸佔，十分痛苦。

這時董卓正好醒來，見到呂布望着貂嬋，以為呂布調戲他的愛妾，馬上大發脾氣，罵呂布說：「以後不准你再來！」

事情過後，董卓害怕呂布產生離心，便用財物好話收買他。呂布是個貪婪的人，他收下了財物，但心中對董卓霸佔貂蟬一事仍十分怨恨。他雖然像往常一樣陪伴在董卓左右，但心中總想着貂蟬。

有一次，董卓上朝時被皇帝留下議事，呂布想：這倒是個溜出去找貂蟬見面的好時機。於是他提着畫戟，悄悄走出宮門，上馬直奔相府。

貂蟬見到呂布，輕聲吩咐：「你可到後花園鳳儀亭等我。」呂布忙答應着退到後花園。

貂蟬來到亭邊，一見呂布便淚如雨下，說了一番離間董卓和呂布之間的話，還要往荷花池裏跳，以表明心跡。

呂布慌忙抱住貂蟬，表白深情，可是他擔心和貂蟬見面太久，會被董卓發現，便想回去，卻被貂蟬一把攔住了。貂蟬說：「我一直以為將軍是當世英雄，誰知原來將軍也是受人管制的，我還有什麼指望？」說罷又要往荷花池裏跳。

呂布頓時滿面通紅，連忙放下手中的戟，回身安慰貂蟬。兩人擁抱在一起，很是親熱。

再說董卓和皇帝議事完畢，不見了呂布，心中很懷疑，馬上趕回相府，一直找到後花園鳳儀亭。董卓一看到呂布和貂蟬相擁在一起，便大為光火，順手抄起呂布的戟朝他擲去，呂布慌忙大步逃走了。董卓一直追過去，摔了一跤才罷手。

呂布離開後，貂蟬又裝出委屈的樣子，說是呂布欺負

她，還要求董卓帶她遷居別處，董卓馬上答應了。

董卓動身時，手下的官員都去送行，貂嬋在車上見到呂布站在人羣中，便故意掩臉裝作痛苦的樣子。

呂布目送車隊遠去，心中又痛又恨，忽然後面有人招呼他，原來是王允。他對呂布説：「我最近有病，未能出門。你和小女的事辦得怎樣了？」

呂布頓時火冒三丈，把董卓奪去貂嬋的事説了出來。

王允邀呂布到家中密室商議，王允故意説：「我年紀已老，無所作為了，只可惜將軍是個大英雄，也要受到這樣的侮辱！」呂布一聽這話，頓時叫起來：「我要殺了董卓那老賊！」

話剛説出，呂布卻又猶豫起來：「我和他到底也是父子名分，殺了他人們會如何説呢？」王允微微一笑，説：「他用戟投殺你的時候，可考慮過父子情分？」一句話提醒了呂布，他要殺掉董卓的決心更加堅決。

幾天後，王允和手下商議了一個計策，派人前往新宮殿假傳皇帝的旨意，説是要把皇位讓給董卓。

董卓大喜，領着心腹馬上動身。動身前他拜別了母親，又向貂嬋許諾：「待我做了天子*，就封你做貴妃。」貂嬋假裝歡喜地向他拜謝了。

＊天子：皇帝。

　　董卓一行人回到都城長安，百官都出來迎接。呂布還特地到相府去向他拜賀。董卓又許諾道：「我登皇位之後，便派你掌管天下的兵馬。」呂布心裏暗暗好笑。

　　第二天，董卓高高興興地入朝，到了宮門，隨行的人馬被擋在門口，只放了貼身的二十多人進去。董卓遠遠見到王允等手執寶劍站在殿門口，心裏起疑，便問旁人，卻無人理睬。

　　這時王允高叫了一聲：「反賊到了！武士們在哪裏啊？」周圍頓時衝出百多人，挺着刀槍刺向董卓。

　　董卓受傷從車上滾下，大叫：「我的義子呂布快來救我！」呂布應聲而出，卻一戟刺向董卓的咽喉，董卓當場氣絕身亡。

　　呂布馬上帶人去查抄董卓的財產，接回貂嬋。

　　董卓死後，陳屍街上。人們痛恨董卓，在他的肚臍上燒燈火，膏流遍地；又對屍首拳打腳踢，盡洩心頭之憤。

伍

小霸王禮賢下士
孫仲謀繼位江東

《三國演義》

董卓死後，曹操在山東一帶招募了三十萬精銳的黃巾軍，組成「青州軍」，勢力漸漸強大。

曹操見根基已穩，便派人去把父親及家人接來團聚，曹父領着一家大小四十餘人，車子一百餘輛，向兗州進發。

徐州太守陶謙一向仰慕曹操，聽說曹父路過徐州，便親自出城迎接，把曹父當上賓款待，又令一名將領帶兵護送曹父離開徐州。哪知道那名將領見財忘義，在路上奪去財物，把曹家四十多口全殺掉了。

曹操遷怒於陶謙，發兵攻打徐州，陶謙只好請救兵。北海太守孔融接到陶謙的求救信，便邀劉備同去，劉備出於信義，一口答應，還到別處去借了兵力趕來相助。

陶謙見到劉備，十分感激。得知劉備是漢室後代，又見他氣概不凡，有意要把徐州讓給劉備，他把太守的牌印拿出，恭敬地要獻上。劉備吃了一驚問：「您這是什麼意思？」

陶謙向劉備表白自己的心意，劉備聽後，連忙辭謝。

後來有人建議待局勢平定之後再商議這件事，陶謙才暫時收起牌印。

劉備給曹操寫信，請他退兵，曹操讀信後，拍案大罵：「劉備算什麼，竟敢來勸我！」正要下令殺掉信使，被手下勸住了。

這時，忽然傳來呂布佔領兗州的消息，曹操忙趕回去救兗州。臨走時乘勢向劉備賣了個人情，寫信答應從徐州退兵。

陶謙見曹軍已退，徐州保住，十分高興，宴請各路救兵。宴會上，陶謙又舊事重提，要劉備接管徐州。但是劉備堅決不肯，又一次推辭。

陶謙沒有辦法，只好請劉備暫時留下，駐在徐州附近的小沛，以防曹操又來進攻。但他仍一心要請劉備出來掌管徐州。後來，他得了重病，再三向劉備請求，劉備還是婉言推託，陶謙不久便死去了。

第二天，徐州的老百姓來到府前，哭求劉備接替陶謙，加上關羽、張飛也再三相勸，劉備才勉強答應暫時掌管徐州。

曹操殺回兗州，經過和呂布多次交鋒，好不容易才戰勝

◆ 小霸王禮賢下士 孫仲謀繼位江東 ◆

了呂布，從此把山東一帶盡歸自己管治，穩固了自己在北方的勢力。但他得知陶謙已死，劉備輕易地得到了徐州，十分不服氣，立下決心要把徐州奪到手中。

再說得到了傳國玉璽的孫堅和袁紹鬧翻，帶領部下返回江東時，被荊州刺史劉表派來的兵將半路攔截，要奪回玉璽。原來劉表是得了袁紹的信來行事的。孫堅殺出重圍，但自此與劉表結了怨。

後來，南陽太守袁術向劉表借糧，劉表不肯，袁術便去信孫堅，挑撥他去攻打劉表。孫堅的仇恨一下子被挑起，不顧部下和兒子的勸阻，一意出征深入到襄陽一帶。在這次戰爭中，孫堅中了劉表部將的計策，單人孤騎被引進樹林，結果中了伏兵，中箭而死。

孫堅死後，他的長子孫策帶兵退回江南，他想到自己兵力單薄，便將家屬拜託在曲阿的舅父照看，自己帶着人馬投靠袁術。

不久，曲阿被揚州刺史劉繇的軍馬所佔。孫策想起曲阿的家小，心慌意亂，決定以傳國玉璽為抵押，向袁術借兵攻打曲阿，重振祖業。

袁術一見玉璽，便滿口答應，借出了三千軍馬。孫策領着人馬向曲阿出發。半路上，遇到知心好友周瑜帶着一隊人馬前來。孫策一見到他，十分高興，當下便安下營寨，將周瑜請入軍帳中，把自己一番抱負告訴他。周瑜一聽，滿口答

應幫助他共建大業。

　　再説劉繇聽到孫策來取曲阿，決定在牛渚險要地阻截孫策。一位年輕的將軍太史慈挺身而出，願當先鋒，可是不為劉繇重用。這一仗，孫策戰勝，招降兵四千餘人。

　　第二仗，孫策和劉繇在神亭嶺對壘，太史慈挺身出戰，孫策只領着十二名將領，大笑着應戰。兩人打了多時，分不出高低。二人都摔下馬來，扭作一團。孫策一把拔去了太史慈的短戟，太史慈拉下了孫策的頭盔，二人不分勝負而退。

　　周瑜足智多謀，回去便向孫策獻計，願親領軍士繞道往曲阿，再和孫策前後夾攻劉繇。孫策當下同意，周瑜便連夜行動。

　　第二天，孫策領軍到劉繇營前挑釁，令軍士挑着太史慈的短戟，叫道：「太史慈不是跑得快，早被刺死了！」太史慈也氣壞了，令手下挑起孫策的頭盔大叫：「孫策的頭在此！」兩邊的軍士便向對方誇耀，鬧成一片。

　　不久，劉繇得到了情報：曲阿被周瑜取去。他慌忙收兵。當晚，孫策又兵分五路，摸入劉營。劉繇的士兵都紛紛逃命，太史慈也帶着人馬逃出去了。

　　孫策追殺劉繇，雙方在牛渚相遇。孫策大展神威，短短一霎那，把劉繇的部隊殺得一敗塗地。自此，人們便稱他為「小霸王」。

　　這一仗，孫策還生擒了太史慈，但是他以禮待太史慈，

令太史慈十分感動，當下便請求投降，還主動請求去招降劉繇的將士。

太史慈一別而去，孫策的手下都以為他將一去不返，但孫策卻對他深信不疑。

第二天，孫策叫人在帳前豎立一支竹竿，察看日影。竿影越縮越短，到了影子消失的中午時分，太史慈便帶領着千多人馬準時趕到，人們也就更加佩服孫策的見識。

孫策節節取勝，軍馬不斷壯大，兵精糧足，牢牢佔領了江東。

那時，獨佔山東的曹操已被獻帝召進宮中封為勤王，勢力頗大。曹操得勢後逼漢獻帝遷都許昌，進一步穩固了自己的地位。

孫策便派人上書許昌，要求曹操封官。但曹操不但不答應，還扣住了來人。孫策得知，勃然大怒。

吳郡太守許貢聽說後，便上書曹操，勸他把孫策召回京去，以免在江東一帶生事。孫策收到消息，把許貢抓來殺掉，不料引起許貢手下人的憤怒。一天，孫策上山打獵，被許貢的手下刺成重傷。

孫策的傷勢十分嚴重，眼看沒法醫治了，孫策便把他的手下和弟弟孫權（字仲謀）叫來，向他們吩咐後事，並把江東交給孫權掌管。臨死前他長歎道：「可惜周瑜不在，我不能當面吩咐他輔助我弟弟了。」

　　周瑜趕來奔喪，在孫策的靈堂再三伏拜，答應盡力報答知己。

　　江東從此歸孫權所有，有了和曹操、劉備各霸一方，鼎足三分的資本。

◆ 小霸王禮賢下士　孫仲謀繼位江東 ◆

陸

張飛粗暴失徐州 呂布白門樓喪命

曹操是怎樣從山東進宮,掌握漢廷大權的呢?

原來董卓被殺之後,董卓的餘黨李傕、郭汜煽動百姓在長安鬧事,隊伍直逼朝廷,要挾獻帝給他們封了官職,從此把持了朝廷,獻帝及皇后一行被逆賊劫持,離開了長安,被送到郿塢,日子過得相當淒苦。後來有的忠臣暫時調停了李、郭的矛盾,請獻帝遷回洛陽。

回到洛陽後,有的忠臣怕李、郭逆賊又會隨時殺到,便上書皇帝,請他派使臣到曹操駐紮的山東,召曹操入宮保駕。

曹操也正有意趁亂起兵,一接到獻帝的詔書便立即前往洛陽,路上正好遇到獻帝他們。

曹操即時負起保護皇帝的重任,一路盡殺李、郭賊兵,

順利把獻帝送回洛陽。獻帝便封了曹操的官，讓他主持朝政。

自此，曹操的權勢開始壯大起來。曹操以許昌靠近山東、糧草供應便利為由，奏請皇帝遷都。獻帝不敢不從，眾大臣也不敢反對。

曹操到了許昌，蓋建宮殿，修築城廓，又封了一批官員，自己則自封為大將軍武平侯，進一步掌握了朝廷的大權。一切國家大事，都要先稟告他，然後才奏呈獻帝，人們都稱他為「曹丞相」。

再說呂布自從被曹操奪回兗州之後，在山東一帶完全失勢，只好去投奔劉備。劉備左右的人都反對收留呂布，劉備卻說：「上次如果不是呂布攻打兗州，曹操不會撤兵，徐州又如何解圍？如今他是走投無路來投靠我的，應迎接他才是。」於是親自出城去迎接。

進城之後，劉備以上賓之禮待呂布，還要把徐州的牌印讓給呂布掌管。

呂布大喜，伸手就要接，猛回頭見劉備背後的關羽、張飛一臉不高興，便假意推辭道：「我只是一介武夫，哪裏配掌管徐州呢？」

那時，和曹操分了手的陳宮已投奔呂布，他在一旁也再三勸劉備，劉備這才收起牌印。

張飛對呂布的行為看不過眼，要與他拚鬥，呂布也有幾

張飛粗暴失徐州　呂布白門樓喪命

分懼怕魯莽的張飛，便向劉備辭行。劉備再三替張飛謝罪，請呂布暫駐小沛。

曹操得知，便動心思要離間劉備和呂布，然後再實現他報復呂布、收回徐州的心願。他下了詔書，正式承認劉備的官職，另外附上密信，叫他殺掉呂布。

劉備請使臣多謝丞相封官的好意，但對殺呂布一事卻很猶豫。他和部下商議時，張飛在一旁急躁地說：「呂布一向不講信義，殺了也就殺了！」劉備卻說：「他沒有法子才來投奔我，殺了他不也是不義嗎？」便不肯下手，第二天還把這事告訴呂布，呂布感動得流下熱淚。

使臣回到許昌向曹操覆命，曹操又使出一計，他派人告訴袁術，劉備要來攻打他，另一方面又用獻帝的名義下詔書，叫劉備去攻打袁術。劉備不敢違抗，只好點兵出發。張飛自願留下看守徐州，劉備不放心，急得張飛發誓說：「小弟從今天起，不喝酒，不打人，這可以了吧？」劉備還是不放心，派了人協助張飛後才離去。

劉備走後，張飛的老毛病又犯了，天天喝酒。有一天，他又請了大小官員來赴宴，席中逼一名將官曹豹喝酒，那人不喝，張飛便命令鞭打他。曹豹求饒道：「請看在我女婿的份上，饒了我吧！」張飛得知他的女婿就是呂布，更加氣憤，大叫：「我就是要打你，打你就是打呂布！」後來眾官上前阻撓，張飛便把曹豹打了五十鞭後才放他。

曹豹恨透張飛，便連夜寫信給呂布，叫他趁張飛醉酒奪下徐州。見利忘義的呂布立即起兵，攻下徐州，張飛倉皇逃出，連劉備的家眷都沒來得及搶救出來。

張飛領着殘部找到劉備，把事情説了一遍，羞愧得要自殺。劉備一把抱住他説：「我們發過誓：不求同生，但求同死，賢弟萬萬不可為了我的家眷尋死啊！再説我待呂布不薄，他不至於會殺死她們，賢弟請寬心吧！」

劉備一番話令張飛感動得大哭，周圍的人也跟着流淚。

袁術受了曹操的挑撥，十分痛恨劉備來攻打他，知道呂布佔了徐州，大為高興，連夜派人帶厚禮送給呂布，請他夾攻劉備。呂布一口答應了，但後來袁術又改變主意，呂布大罵袁術失信。他聽取陳宮的建議，打算和劉備修好，把小沛給了劉備，再和他聯合對付袁術。

劉備當時處境狼狽，只好接受呂布的安排。呂布起初還假意要把徐州還給劉備，劉備再三推辭，領回家眷，自願駐到小沛去。

袁術仍記恨劉備，準備攻打小沛，他送了許多糧食給呂布，請他在小沛受攻時，在徐州按兵不動。呂布一見財物，又是滿口答應。

劉備去信請呂布相助，謀士陳宮勸呂布説：「小沛被攻，徐州不保，還是應幫助劉備。」呂布想出了一個計策，讓雙方都不怨他。

張飛粗暴失徐州　呂布白門樓喪命

他設下酒宴，把劉備，以及袁術準備派去攻打小沛的十萬大軍統領請來喝酒。敵對的雙方都又驚又疑，不知呂布有何打算。席中呂布取出自己的畫戟，把他們領出轅門帳外，吩咐人把畫戟插到遠處，又取出弓箭說：「如果我一箭射中畫戟尖枝，你們兩家就罷兵休戰。若射不中，你們就準備廝殺。」

在場的人都瞪大了眼睛，各懷心事等待着。呂布喝下一杯酒，把弓拉開，喝了一聲，把箭射出去。那箭準準地正中畫戟尖枝，在場的人都為呂布的武藝大聲喝彩。

劉備和袁術的人馬便依規定各自退下，袁術得到統領回來的報告，把呂布大罵一頓，認為他是偏袒劉備。

再說張飛對呂布仍懷有恨心，帶人去搶了呂布新買的好馬一百五十匹。呂布得知後大怒，帶人到小沛找劉備問罪說：「轅門射戟，我退下了袁術的十萬大軍，救了你的命，你竟指使張飛來搶我的馬，是何居心？」劉備不明真相，正要分辯時，張飛在一旁挺身而出，要和呂布交戰。

兩員猛將且罵且戰，打了百多個回合，仍分不出勝負。

雙方收兵退下後，劉備責罵了張飛一頓，又派人去向呂布說情，願把搶去的馬匹歸還。

但陳宮卻對呂布建議：「不如趁機除掉劉備，免得日後吃他的苦頭。」呂布聽了他的話，準備攻打小沛。

劉備和手下商議時，大家都認為呂布始終不肯放過劉

備，不如棄城而去，投奔曹操，然後再借兵馬殺回。

劉備等人終於到了許昌見到曹操，劉備把呂布相逼的事說了一遍，曹操說：「呂布無情無義，我一定幫助你滅了他。」當下便給了他兵馬糧食，派他先到豫州上任。

呂布在徐州，雖有陳宮在旁，但不肯聽從他的計策。

陳宮心情不好，有一天，一早出去打獵解悶，見到一個人騎着一匹快馬，心中生疑，追趕上去截住了人馬，並從那人身上搜出劉備回曹操的密信。原來先前曹操寫信約劉備準備軍馬，候令進攻呂布。

呂布十分生氣，斬了信使並發兵去攻打劉備，劉備便向許昌的曹操告急。曹操派了夏侯惇領着兵馬來救急，路上遇到呂布的手下，兩軍交戰時，呂軍射出一支箭，正中夏侯惇的右目。

夏侯惇痛得大叫一聲，用手拔箭，卻連眼珠一齊拔下，血如泉湧。只見他倒轉箭頭，把眼珠放進嘴裏，一口吞下，兩邊的軍士都被他的舉動嚇呆了。

這次交戰，曹軍暫敗。

呂布大軍兵分三路夾攻，劉、關、張出城迎接曹軍紮下的三寨。但一開戰，關、張二軍便抵擋不住撤到山裏，劉備支持不住慌忙回城，呂布盯緊他不放，跟着他衝進城裏。劉備不敢停留，直穿出西門逃出，單身匹馬地去見曹操。

呂布的根據地徐州城內，有曹操安排的內應。他們設計

要把呂布引出徐州，便假意提醒呂布要採取措施，防止曹操攻城。呂布果然中計，把錢糧家眷都撤出徐州，到了一個叫下邳的地方。

在曹操、劉備的裏應外合下，呂布終於失去了徐州和小沛，只能困守下邳。被曹軍圍了兩個多月，陳宮勸他出城攻曹，呂布卻不聽，自認為下邳糧草豐足，守城才是上策。他自己天天與妻妾喝酒解悶，鬥志也日漸消沉。

曹操見兩個多月攻不下下邳，也很煩躁。這天，他的謀士建議掘開兩河，讓大水流入下邳，逼呂布投降。

曹操下令掘河，不久，下邳除了東門外，各門都被水淹了。呂布知情後仍不慌不忙地喝酒，說：「我的『赤兔馬』遇水就像走平地，我怕什麼？」

這時的呂布已變得多疑且暴躁，常常無故責罰軍士，引起他們的怨恨。有幾個受了呂布處罰的將領便商量去投降曹軍，他們偷走了「赤兔馬」，又引來了曹軍攻城。

雙方從清晨打到中午，曹軍暫退。呂布也疲倦萬分，在城樓上昏昏沉沉地睡着了。那些早就怨恨他的士兵便一齊動手，將他捆住，向着城下的曹軍大叫：「呂布已被我們擒住了！」

呂布其餘的軍士，因大水封城逃不出去，也都被抓，謀士陳宮也落到曹軍手中。

曹操、劉備大隊人馬進了下邳城，二人坐上白門樓，呂

布和陳宮被押上聽候處置。

　　曹操見到陳宮，便笑説：「你當初又何必離開我呢？」陳宮卻怒斥他：「你心術不正，我才去投奔呂布。」曹操看了看被捆綁作一團的呂布，又説：「呂布會比我高明嗎？」陳宮面無懼色，答道：「他雖無智謀，但決不像你那樣奸詐。」曹操又挖苦道：「你自以為足智多謀，今天還不是落入我手中？」陳宮恨恨地説：「呂布如果肯聽我的話，他今天哪裏會到這個地步！」曹操想逼他投降，又説：「你總要惦記你的老母和妻子吧？」陳宮絲毫不屈服，大聲道：「你要殺就殺吧，不要多説了！」説罷大步下樓走向刑場。曹操見他剛烈，不禁流了淚，吩咐手下安置陳宮的家眷，自己親自送他下樓。

　　城樓上，呂布見曹操不在，趁機求劉備幫他説好話，救他一命。劉備只點點頭，沒有説話。

　　曹操折回來時，呂布便開口求降，曹操問劉備：「你看呢？」劉備卻説：「丞相，難道您忘了丁原、董卓的事了嗎？」一句話令曹操想起了呂布是個反覆無常、見利忘義的人，曹操便令手下把呂布帶下去勒死。

　　曹操滅了呂布，去掉了自己在北方稱霸的一個強敵，向統一北方的目標又邁進一大步。

柒

曹操煮酒論英雄
劉備聞雷驚失箸

　　曹操攻下徐州，剷除了呂布，便要班師回許昌。徐州的老百姓紛紛要求曹操留下劉備，治理徐州。

　　曹操對劉備一直存有戒心，要把他留在身邊加以遏制，當然不會答允。他另派人管領徐州，自己則帶着劉備兄弟同回許昌。到了許昌，曹操帶劉備去見獻帝，獻帝得知劉備是中山靖王的子孫，認了劉備為叔父，還封了劉備一個官職，以後人稱劉備為「劉皇叔」。獻帝想借劉備的手，對付權勢越來越大的曹操。

　　曹操有心要廢除獻帝，一天，他向獻帝建議出外狩獵，以查探羣臣的意向。獻帝叫曹操試射一隻鹿，曹操很不客氣地就趕到獻帝的馬前面，從獻帝手中拿過皇帝專用的雕弓金

箭，一箭放出，把鹿射中了。羣臣以為是獻帝射中了鹿，便朝獻帝高呼萬歲。曹操卻放馬擋在獻帝馬前，接受歡呼，還隨手把皇帝專用的弓箭佩在身上，不再還給獻帝。

　　劉備三兄弟把一切都看在眼內，關羽氣得當場就想上前殺曹操，但被劉備制止。打獵回來，劉備又吩咐不可把殺曹操的心事說出去。

　　獻帝回到宮中，想起受了曹操的一番盛氣，傷心得流了淚，皇后便勸他找一個可以解救皇室的人。獻帝想到國舅董承，但曹操耳目眾多，易洩機密，於是獻帝用血寫成一道詔書，令皇后把它縫進玉帶裏，賜給董承，叫他回家後再細看。

　　董承一出宮門，便看見曹操。曹操笑道：「國舅繫的是什麼玉帶，可否給我看看。」董承嚇得不敢動，曹操便喝令隨從的武士上前解帶。

　　曹操接過玉帶，仔細看了看，卻沒有看出什麼。他把玉帶佩在身上，似乎要據為己有，董承嚇得大氣不敢出，硬着頭皮索要。曹操又進一步試探：「這玉帶裏恐怕有什麼秘密吧？」董承惶恐道：「怎麼會有秘密？丞相想要，就留下吧！」曹操這才解下玉帶還給董承，說：「我是和你說着玩的呢！」

　　董承回到家，再三察看玉帶，才發現了獻帝用血寫的詔書，原來皇帝要他聯絡忠義之士，聲討曹操。

　　董承聯絡了五六個忠臣，在討曹的盟約上簽了名，又向

劉備試探對曹操的態度，最後決定拿出血詔，交給劉備。

劉備讀罷血詔，悲憤交加，説：「我一定竭盡心力，幫助國舅除奸。」説罷鄭重地在盟約上簽了名。

劉備很明白曹操對自己不信任，和董承見面後，更怕曹操生疑，於是便足不出户，只在後園種菜，每日都親自澆水灌溉，十分勤勉，這令關羽和張飛奇怪不已。

有一天，關、張兩人出外練弓，劉備一個人在後花園澆水，突然有十多名曹操的部下來到，通報説：「曹丞相請你過去一趟。」

劉備不知曹操的用意，心裏七上八下的，但也只得隨軍士們前去相府。

曹操一見劉備便笑着説：「嘿，看你在家裏幹了些什麼大事！」

劉備以為自己和董承計議的事被曹操知道了，嚇得面無人色。誰知曹操只是拉着他走到後花園，問起他種菜的事，劉備這才稍微放心。

曹操請劉備到涼亭裏坐下，請他賞梅喝酒。酒正喝到一半，天色忽然陰沉了，像要下大雨。

在一旁侍候的人指着天空叫道：「看，那雲真像一條龍呢！」

曹操抬頭一看，心生一計，想趁機試探劉備內心對時局的看法，便借題發揮，問劉備説：「你知道龍的變化嗎？」

劉備搖搖頭。

曹操說：「龍可以變大，也可以縮小，能升天，也能潛海，龍就像是人間的英雄。劉皇叔你見多識廣，一定知道誰是當世的英雄。請你說說這方面的見解，也讓我增加些知識。」

劉備說不過曹操，又猜不透他的用意，只好隨口說：「袁術兵強馬壯，糧草充足，可算是英雄！」

曹操卻哼了哼：「袁術不過是墳墓中的枯骨，遲早會讓我捉住的，他怎麼能算是英雄？」

劉備說出另一個名字袁紹。

曹操評論說：「袁紹沒有膽識，而且不能當機立斷，也不能算英雄。」

劉備又舉出孫堅的兒子孫策。

曹操卻說：「靠父親的名望來招攬眾人的，算什麼英雄好漢！」

劉備接着說出好幾個人，但曹操說，在他的眼中都只是平凡庸碌之輩，不值一提。最後，曹操喝下滿滿一杯酒，說：「英雄應該是胸懷大志，腹藏良謀，又有包藏宇宙的大智慧，吞吐天地大志氣的人。」

劉備感慨地問：「哪裏才能找得到這樣的人啊？」

曹操用手指指着劉備，又指指自己，說：「當今天下能稱為英雄的，只有你和我。」

劉備聽到曹操把自己視作英雄，料想他不能容忍自己，大吃一驚，把手中筷子失落在地。

這時恰巧天上雷聲大作，劉備便從容地撿起筷子，把話題岔開，説：「這雷聲真厲害，竟把我手中的筷子也震落了。」

曹操大笑問：「大丈夫也怕打雷嗎？」

劉備回答：「古人説：『迅雷風烈必變』，我怎能不怕呢？」

就這樣，劉備機智地把這件事情輕鬆地掩飾過去了，使曹操不至心存疑慮。

關羽、張飛回來，聽説劉備被曹操叫去，心中十分着急。酒會剛完，他們急忙找到劉備探問情形。劉備把方才驚落筷子的事説了一遍，但他們二人卻不明白是什麼意思。

劉備解釋説：「我每天種菜澆水，是要使曹操認為我沒有大志，消除他對我的戒心。誰知他竟然説天下只有我和他才是大英雄，因此我大吃一驚。為了免去他的疑心，我藉着雷聲把這件事掩飾了過去。否則，曹操又會懷疑我要和他爭勢呢！」

第二天，曹操又請劉備去喝酒，席中有人進來通報説，袁術和袁紹兩支人馬正打算聯合起來，準備一起打天下。

劉備靈機一動，想到了一個擺脱曹操的辦法，便建議説：「如果他們聯合起來，一定會成為曹丞相您的心腹大患。不如讓我帶兵半路截擊袁術，這樣袁紹一支隊伍就孤掌難鳴

了。」

　　曹操同意了，但他對劉備很不放心，派了兩員大將同行，以監視劉備。

　　劉備帶上獻帝撥給的五萬人馬，決定在半夜起程，關羽和張飛都不明白這次出兵為何如此急速慌張。

　　劉備說出了心裏話：「我在都城時，處處被曹操監管，就彷彿是籠中鳥、網中魚，沒有絲毫自由。這一走，我就像是鳥飛上天空，魚躍入大海，怎能不走得急呢？」

　　再說曹操那裏，有兩名謀士知道了委任劉備帶兵，急忙來見曹操，說此舉無疑是放虎歸山。

　　曹操連忙派人去把劉備追回許昌，劉備堅決不從，曹操的手下都說劉備一定另有打算，已變心了。

　　曹操安慰自己：「我已派人監視劉備，他一定不敢輕舉妄動的。」

　　劉備到了徐州，和袁術大軍打了一仗，把袁術殺得大敗而逃。袁術兵敗後，吐血而死。

　　劉備收兵駐紮徐州，遣回曹操派來監視自己的兩名大將。曹操十分生氣，密令心腹殺劉備，可是失敗了。

　　劉備知道曹操一定不肯罷休，向袁紹求救。袁紹答應和劉備聯手對付曹操。

　　曹操果然有所行動，他派軍隊到徐州攻打劉備，自己則帶着二十萬大軍迎戰袁紹。結果，攻打徐州的人馬大敗而回；

曹操煮酒論英雄　劉備聞雷驚失箸

曹操和袁紹按兵不動，對峙兩個月後，各自撤下。

　　但大家都知道，一心要霸佔天下的曹操絕不會輕易罷休，因此劉備把自己的人馬兵分三路，作好了對付曹操再攻徐州的準備。他讓關羽帶着自己的家眷到另一處小城，留下大將把守徐州，自己與張飛帶兵駐在小沛。

　　曹操始終不肯放過劉備，兵分五路，大舉進攻。這時，劉備、關羽、張飛分別守在徐州、下邳和小沛。曹操的士兵勢如破竹，把三處城池都攻下，劉備和張飛都倉皇敗走了。

　　關羽保護着劉備的妻子到下邳，卻也被曹兵打得全軍覆沒，關羽自己也被曹軍困在重圍中。曹操對關羽的為人和武藝非常器重，千方百計要關羽歸順自己，叫士兵們不要傷害他，還叫他的大將張遼去說服關羽。

　　張遼說：「依我看，你暫時不妨歸降曹操，這樣，一不違背桃園結義時，但願同年同月同日死的誓言，二可保劉備家眷的安全，三不違反忠於王室的目的。你的意見怎樣？」

　　關羽考慮之後說：「我有三個條件：第一、我是降漢不

降曹的；第二、誰都不許接近劉夫人；第三、我一探知兄長去向，便立即告辭！」三個條件曹操全答應了，關羽才去了許昌。

一路上，關羽對兩位嫂嫂照顧得十分周到。晚上歇宿時，曹操故意只給關羽一間屋子，讓他和兩位嫂嫂同住，關羽卻請嫂嫂歇息，自己在門外一直守到天亮。曹操得知，十分欽佩。

到了許昌，曹操給關公送重禮，關羽卻把所有禮品交給兩位嫂嫂。

曹操見關羽的戰袍已破，命人縫製了新袍送上。關羽只把新袍罩在舊袍上。曹操問：「你怎麼這樣節儉呢？」關羽答道：「舊袍是我的兄長劉備所賜的，見到它就如同見到我兄長的面了！」曹操不由得讚歎：「真是個義士！」

曹操又把呂布死後留下的赤兔馬送給關羽，關羽大喜，一再跪謝。曹操好奇地問：「區區一匹馬，雲長何必這樣禮重？」關羽答道：「這匹好馬日行千里，夜行八百，我若知道兄長下落，去見他只需一天便夠了。」

曹操見收買不動關羽，派人去探問，關羽說：「我和兄長立誓共生死，兄長在，我在；兄長死，我死。」曹操得知也只得讚歎他的義氣。

不久，關羽得到劉備的密信，知道他在袁紹軍中，又驚又喜，當下就去向曹操辭行。曹操卻不在，關羽寫下一信，

把曹操的贈品全部留下，騎上「赤兔馬」和嫂嫂們離去了。

曹操一向敬重關羽，知道消息後並不追殺，反而備了厚禮親自去送行。關羽怕曹操挽留，請兩位嫂嫂先走，自己去應付曹操。

曹操見到關羽，大聲問道：「雲長怎麼走得這麼急？」

關羽說：「聞得兄長在河北，趕着去會面。我以前提出的三個條件中，就有這一條呀！丞相難道忘了？」

曹操要送關羽黃金，他不收；送他戰袍，他怕下馬被曹操截回，只用大刀一挑，拱手謝道：「謝丞相賜袍！」說着趕緊撥馬而去。

一路上，曹軍的將領處處攔截關羽，關羽會兄心切，闖過五處關隘，斬了六員曹將，好不容易才渡過黃河，以為馬上可以見到劉備了，不料劉備因袁紹不容人，已改投他處，關羽繼續上路，仍遇上曹將阻撓，又是少不了一番廝殺。後來，有將官傳下曹操的命令，叫各處關隘，見關羽一律放行，關羽一路上才清靜了些。

走了數日，才到一處古城，關羽探知張飛駐在此，十分高興要和三弟見面。不料張飛卻揮着長矛殺出，罵關羽道：「你背棄了兄長，降了曹操，還有臉來見我？」不管關羽怎麼解釋，他都不聽。後來，關羽殺了追來的曹將，兩位嫂嫂又把事情詳細說了一遍，張飛才知錯怪了關羽，一邊放聲大哭，一邊跪在關羽面前說：「小弟不知，求二哥寬恕。」

　　不久，劉備到來，兄弟、夫妻重新見面，劉、關、張三兄弟整頓軍馬，蓄勢待發。

　　曹操見無法消滅劉備，就全力對付盤據在北方的袁紹。他運用戰術，在官渡把袁紹的七十萬軍隊打得落花流水，全部崩潰。從此，曹操在北方的基礎就更鞏固了。

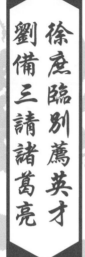

玖

徐庶臨別薦英才
劉備三請諸葛亮

　　劉備、關羽和張飛在古城會合後，便脫離了袁紹，投到
荊州劉表那裏，劉表讓他們駐紮在新野。

　　劉表的手下很妒忌劉備，有一個謀士假惺惺的叫劉表把
一匹名喚「的盧」的馬送給劉備。這匹馬也是別人送給劉表
的，牠有很不幸的遭遇——牠是一匹千里馬，可是騎過牠的
人都死於非命。劉備知道這些，可是他也很賞識那匹馬，不
但接受下來，還好好照顧牠。

　　劉表的小妾蔡夫人也怨恨劉備不扶助她的兒子，便和她
的弟弟蔡瑁設法害劉備。有一次，荊州官員有一個大宴會，
劉表有病，叫劉備代表他出席。宴會中，有人向劉備告密，
蔡瑁就要暗殺他。劉備大驚，慌忙退席，騎起的盧逃出去。

哪知道一直逃到檀溪，已是前無退路，後有追兵。劉備只好騎馬下水，那的盧一下水，前蹄就陷入泥中，動彈不得，劉備急得叫道：「的盧啊的盧，我今天要被你害死了！」

忽然，那馬縱身一跳，凌空飛起。這一跳，跳過了三丈溪流，飛到對岸，蔡瑁追兵趕到溪邊時，劉備早已跑遠了。

劉備走了幾里，迎面來了個牧童。他坐在牛背上，口吹短笛，見到劉備，笑問：「先生就是劉備嗎？」劉備十分震驚，牧童又説：「我的師父水鏡先生説過先生的容貌。」劉備忙請牧童引見他的師父。

水鏡住在一處清幽的莊院，見了劉備，他對劉備説：「你是個有仁心的人，但一定要找到賢才輔助才能成功。」劉備忙請水鏡出山相助，可水鏡推託了，並説：「先生只要用心尋覓，自會找到勝我十倍的賢人。」

劉備回到新野，日夜想着賢才的事。有一天，在街上見到一位穿布袍的人，口中唱着歌走過來，那人唱道：

天地變化無常啊，漢室就要滅亡了；

山野中有才能的人啊，想要幫助賢明的主人；

賢主也想找到能人啊，可惜他不認識我……

劉備心中一動，想：「莫非這就是水鏡先生所説的賢人嗎？」便上前恭敬地行禮打招呼。

原來那人叫徐庶，才華出眾，學問非凡。和他交談之後，劉備決定拜他為軍師，負責訓練自己的軍隊。

曹操後來兩次派兵攻打劉備，都被徐庶用計打敗了。

曹操很想徐庶離開劉備，他打聽到徐庶是個有名的孝子，便想出一條毒計。他抓來徐庶的母親，叫手下人模仿徐母的筆跡給徐庶寫了一封信，假稱自己已落在曹操手中，叫兒子前來救她。

徐庶接到信後，一方面他捨不得離開劉備，另一方面他又不忍母親受苦。想了很久，才拿着信去找劉備告辭。

劉備設酒席給徐庶餞別，兩人相對流淚，直坐到天亮。

徐庶終於騎着馬走了，劉備流淚目送他，直到徐庶的背影被一片樹林擋住。劉備用馬鞭指着樹林哭叫：「我真恨不得把這片樹林全都砍光，因為它擋住了我送徐軍師的目光！」

這時，徐庶忽然騎馬轉了回來，劉備驚喜地問：「軍師不走了嗎？」徐庶説：「我剛才心亂如麻，忘記告訴你一件事：離此地二十里的隆中臥龍崗，有一位奇才，他名叫諸葛亮，字孔明。你如果能請到他出山幫助你，就不用發愁得不到天下了。」

徐庶介紹了諸葛亮之後，才騎馬離去。劉備回去便叫人準備了禮物，帶着關羽和張飛，一起前往隆中拜請諸葛亮。

他們查訪到諸葛亮的家，通報劉備來訪，諸葛亮家的書僮説：「先生早上出去了。」劉備問：「到哪裏去了？」書僮答：「他的蹤跡常常不定。」劉備又問：「什麼時候回來？」

書僮説：「或者三五天，或者十幾天才回來呢！」

　　劉備十分失望，張飛和關羽在一旁勸説劉備先回去。

　　過了些日子，劉備派人探知諸葛亮已回到隆中，便打算再去拜訪。張飛不滿地叫道：「那諸葛亮不過是山村中一個平凡的人罷了，哪裏用得着哥哥親自上門？派人叫他來就是了。」

　　劉備責備張飛道：「諸葛亮是世上少有的能人，怎麼能對他隨隨便便的？」説罷就上馬再去隆中。當時正值冬天，他們走到一半路時，天忽然下起大雪，張飛嘮嘮叨叨地勸劉備找地方躲雪，不要再去隆中了。

　　劉備有些生氣，説：「我正是要讓諸葛亮知道我請他出山的誠意，你如果怕冷，可以先回去嘛。」張飛忙説：「我死都不怕，還怕冷嗎？我只是怕哥哥又白跑一趟。」劉備的語氣這才緩和下來，説：「既不怕冷，跟着我去就是了。」

　　到了諸葛亮家，見到一位年青人正在屋裏高聲讀詩。劉備以為他就是諸葛亮，恭敬地在門口守候，直到年青人讀完詩才進去行禮通報姓名。

　　年青人慌忙還禮説：「我哥哥出門還沒有回來，我是諸葛亮的弟弟諸葛均。」

　　劉備告辭正要出門，卻聽見書僮在門外高叫：「老先生回來了！」劉備見來者氣度不凡，心想他一定就是諸葛亮了！於是急忙從馬上滾下來想上前行禮，諸葛均在後面叫

徐庶臨別薦英才　劉備三請諸葛亮

道：「先生弄錯了！那是我哥哥的岳父，不是我哥哥諸葛亮呀！」劉備見此行又撲空，只好悶悶不樂地回去了。

到了第二年春天，劉備準備再赴隆中，三請諸葛亮出山。

魯莽的張飛說：「乾脆我用繩子綁他來見你吧！」劉備生氣地說：「你這樣沒有禮貌，我和關羽去算了！」張飛這才不敢胡說八道，說：「既然兩位哥哥都去，我當然也要去。」

一到諸葛亮家，書僮就笑嘻嘻地出來通報：「你們這次來巧了！先生正好在家，不過他正在睡午覺。」劉備高興極了，說：「不要叫醒先生，我們等一等吧！」

許久，屋子裏的諸葛亮翻了個身，似乎就要醒了，可是轉向牆壁又睡了。書僮想進去通報，劉備卻阻撓說：「千萬不要驚動先生。」

這樣又等了兩個時辰，諸葛亮才睡醒了，睜開眼問書僮有沒有客人來訪，書僮說：「劉備早就來了，正站在門外等候您呢！」

諸葛亮一聽，忙說：「怎麼不早告訴我呢？」又過了很久，諸葛亮才整理好衣冠出來見客。

劉備和諸葛亮二人互相禮拜，坐定之後，劉備恭敬地向諸葛亮請教，「現在朝廷上由壞人掌權，漢室的命運很危險。我的力量雖然弱小，但希望能為國家除害。請先生賜我良策，指點指點我。」

　　諸葛亮見劉備態度誠懇，便坦白地談了自己對天下大事的看法。他說：「曹操在北方，已有百萬軍馬，力量強大，又能控制住皇帝，你暫時不能和他爭勢；孫權在江南，地勢險要，人民擁護，你可以和他結盟，但不能圖謀這塊地盤；只有荊州和西川一帶是將軍你可以大展拳腳的地方。這就形成三足鼎立的局面。等到你的力量強大了，再考慮進取天下，重振漢室，成就大業！」

　　劉備越聽越佩服，激動地站起來拱手說道：「聽了先生一番話，就好比撥開了烏雲見青天。請先生出山幫助我吧，我一定會按先生的教誨行事的。」

　　諸葛亮推辭說：「我已習慣了農家的生活，不想再出去做事了，請原諒我不能答應你的請求。」劉備一聽就哭了，說：「先生不出山輔助重振漢威，天下的百姓就要繼續受苦了！」

　　諸葛亮看到劉備請他的確是出於真心，終於答應出山幫助劉備。

拾

羣英會蔣幹中計
孔明妙算借東風

江南一帶，本來是孫堅的大兒子孫策霸佔的天下，但孫策被刺身亡，臨死前把大權交給了二弟孫權。江南兵精糧足，孫權的勢力十分穩固。

曹操與劉備一再交手，始終不能消滅劉備的人馬，於是寫信給孫權，邀他聯合攻打劉備。那時曹操已基本統一了北方，帶着八十三萬大軍，從水陸兩路向南進軍，想以大軍壓境之勢，逼孫權聽從他的話，聯手對付劉備。

但孫權的手下、在東吳很有威望的魯肅卻主張和劉備聯手對付曹操，諸葛亮也向劉備提出了和孫權結盟對付曹操的計策。

於是諸葛亮代表劉備來到江東，和孫權共商對付曹操的

大計。

　　諸葛亮見到孫權，分析道：「曹操雖然率領大軍來勢洶洶，但他們從遠方來，人馬都十分疲憊。況且他的軍士大多數是北方人，所招撫的降兵對曹操又不太忠心。您如果和劉備聯合，就能打敗曹軍。到那時，您和劉備、曹操就能共分天下，三足鼎立了。」

　　這番話使孫權動了心，同意與劉備聯合。但孫權手下有些謀士卻主張向曹操投降，孫權猶豫起來，召大將周瑜來商量。

　　周瑜才智過人，勇猛非常，可惜氣量狹窄。

　　諸葛亮先用話激起周瑜對曹操的仇恨。他故意説：「我有一計，可令曹操退兵。」

　　周瑜忙問：「是什麼計策？」

　　諸葛亮説：「我聽説此地的喬公有兩個女兒，一個叫大喬，一個叫小喬，都長得很漂亮。曹操曾發誓要攻入東吳，並得到這兩個美女。如果將軍能找到這兩個美女獻給曹操，他一定會滿意地退兵的。」

　　周瑜氣得拍桌子大罵：「曹操真是欺人太甚了！他難道不知道大喬是孫策將軍的夫人，小喬是我的愛妻嗎？」

　　諸葛亮裝出惶恐的樣子説：「哎呀，我實在不知道，剛才的話冒犯將軍了，真是該死！」

　　周瑜已被激怒，決心要和曹操開戰。孫權有了周瑜支

羣英會蔣幹中計　孔明妙算借東風

持，也不再去考慮投降曹操了，他封周瑜為大都督*，起兵對抗曹操。

曹操率大軍來到江邊紮下營寨，他的軍士都是北方人，不適應水上作戰，曹操派出水軍都督蔡瑁、張允去訓練手下。不久，曹軍果然被訓練得井井有條。有一天周瑜前去偷看，也被蔡、張二人的才能嚇了一跳。他想：「要戰勝曹操，一定要先除去蔡、張二人。」

曹操得知周瑜曾來偷看水寨，十分惱怒，不知用什麼計策才能穩勝周瑜。這時，他身邊一個謀士蔣幹站出來，說：「我和周瑜從小便是朋友，願意去勸說他前來投降。」曹操便高興地為蔣幹擺酒送行。

周瑜十分聰明，一聽曹操的手下——老朋友蔣幹來訪，便知他是來勸降的，忙布下一計，然後設宴招待蔣幹。宴會一開始，周瑜就宣布：「今天的宴會，大家不許談打仗，只談友情，誰敢違反，我就拿劍把他殺了！」蔣幹一聽，便不敢提勸降的事了。

宴會中，周瑜裝出喝醉的樣子，又是唱歌又是跳舞，還拉着蔣幹的手，帶他去看江東的軍隊和存糧，說：「我的主公孫權對我就像親兄弟，誰想勸我投降，真是白費心思！今天出席宴會的，都是些英雄好漢，我們就把這宴會稱作『羣

*都督：軍事長官或領兵將帥。大都督是全國最高軍事統帥。

英會』吧！」在周瑜這番氣勢面前，蔣幹嚇得臉色發白，更是不敢暴露自己的來意。

宴會結束，已是深夜。周瑜拉着蔣幹説：「我們老同學好久沒有見面，今晚我們倆就在一塊兒睡吧！」話未説完，他就裝作醉倒在牀呼呼大睡。蔣幹心中雖然七上八下的，也只好聽從了。

蔣幹翻來覆去地睡不着，偷偷爬了起來。忽然發現周瑜的桌上有一封信，上寫：蔡瑁、張允敬上。蔣幹心想：難道曹丞相手下的這兩個人和周瑜有勾結嗎？他偷偷拆信一讀，那信中果然表示他們兩人很快便會拿曹操的頭來見周瑜。

這時，周瑜故意含含糊糊地説起夢話，蔣幹忙把信藏在衣服裏，回到牀上躺下。天快亮時，外面有人進來找周瑜神秘地報告：「曹操那邊有人來報告消息了……」蔣幹悄悄地跟在周瑜身後去偷聽，只聽到來人向周瑜報告了來自蔡瑁、張允的消息，蔣幹便更加認定蔡、張二人已背叛了曹操。

周瑜又回到牀上呼呼大睡，蔣幹連忙趁機逃走，回去向曹操報告説：「周瑜對孫權十分忠心，難以勸降，不過，此行卻有個意外收穫……」説着，便把從周瑜那裏盜得的信獻上。曹操看信後大怒，下令殺掉了蔡瑁和張允。

周瑜見自己的計策成功，得意洋洋，派魯肅去見諸葛亮，試探諸葛亮是否看得出這是一個用心良苦的布局。諸葛亮一見到魯肅，就表示向周瑜祝賀，説：「大都督用計殺了

蔡、張二人，他就沒有敵手了，真是值得慶賀啊！」

周瑜聽了魯肅的報告，吃了一驚，心想：諸葛亮這個人太厲害了，劉備有了他一定會強盛的，得把他殺了！他想來想去，想出了一條叫諸葛亮死而無怨的計策。

第二天，周瑜找來諸葛亮說：「我們現在和曹軍打仗，最需要的是弓箭。請先生在十天內造出十萬支箭，以備急用。」諸葛亮卻笑着回答：「十天太長了，我看有三天就夠了。」周瑜睜大了眼：「果真？在軍中是不可隨便開玩笑的啊！」諸葛亮說：「如果我三天內交不出十萬支箭，願受任何處罰！」周瑜馬上讓人把諸葛亮的話記下來，好作為以後殺他的憑據。

諸葛亮找到魯肅，向他借了二十條船，在船上立了上千多個草把子，每條船派三十個軍士把守，他還請求魯肅保守一切秘密。魯肅是個忠厚人，一一答應了。

第一、二天一直沒有動靜，直到第三天凌晨時分，諸葛亮才秘密去請魯肅一起去取十萬支箭。魯肅滿心疑惑，但仍和諸葛亮一起去了。

這一夜，長江上升起了大霧。諸葛亮下令二十條船向江北開去，偷偷靠近曹軍的水寨。他又叫人把船用繩索連成一字，在江面上排開。接近曹寨時，諸葛亮下令叫軍士敲鑼打鼓，大聲叫喊。諸葛亮自己卻在船中擺開酒菜，請魯肅喝酒。

魯肅哪有心思喝酒？只嚇得全身發抖，怕曹兵一出戰，

二十條船將無法抵擋。諸葛亮卻從容地安慰他道：「放心吧！曹軍決不敢在大霧中貿然出戰的，我們喝酒就是了！」魯肅雖然害怕，也只好壯着膽子喝酒吃菜。

曹操得知外面的情勢，下命令說：「今天霧這麼大，敵軍敢來進攻，一定是布下了埋伏的。我方軍士不准出擊，只准放箭。」曹操的手下得了命令，便拚命向夜霧中的小船射箭，箭像雨點一般落到草船上。

諸葛亮不慌不忙地陪着魯肅喝酒，不時下令調動船隻的方向，直到早晨大霧散去，才叫軍士們收船回去。這時曹軍射到草船上的箭，足有十多萬支。諸葛亮叫手下向着曹軍水寨大叫：「多謝曹丞相送箭！」曹操這才發現上了當，派兵追擊，但諸葛亮二十條草船已經遠去了。

魯肅十分佩服諸葛亮的膽識，問他是怎樣想到「草船借箭」一計的。諸葛亮說：「作為一個軍師，不懂天文地理怎麼行啊？我觀察天象，知道三天後會有大霧，我『草船借箭』的計謀一定會成功，所以向周瑜要了三天期限。周瑜向我要十萬支箭，明明是要為難我，想置我於死地，我哪裏會輕易就讓他殺了呢？」

周瑜心胸狹窄，仍然不服諸葛亮，但大敵當前，他也不敢對諸葛亮怎麼樣，便把諸葛亮叫來，假意感謝他取來了十萬支箭，還說：「我已想出一計戰敗曹軍，想請諸葛亮先生幫我確定一下是不是有把握。」

諸葛亮微微一笑：「我也想到了一個辦法。這樣吧！我們都先別說出來，把自己想到的法子寫到手上，看看是不是一樣的。」

二人張開手掌，看到掌心寫着同一個字：「火」，都不禁哈哈大笑，原來他們不約而同想到了用火攻曹軍的計謀。

定下「火攻」一計後，周瑜日思夜想，決定要派人到曹操那邊假投降，日後好帶領引火船闖到曹軍水寨中。他正為適當的人選頭痛時，一名老將黃蓋來見他，表示為了江東的利益，甘心去承受皮肉之苦，打敗曹軍，周瑜馬上和他秘密定下「苦肉計」。

第二天，周瑜召手下開會，提出三個月要打敗曹軍。黃蓋站出來反對說：「三個月？我看三十個月也打不敗曹操！」周瑜顯出極為生氣的樣子，說他動搖軍心，下令打黃蓋一頓。黃蓋被打得皮開肉綻，他手下的將士都對周瑜敢怒不敢言。

周瑜又派魯肅向諸葛亮試探是否知道這是一個計策。諸葛亮一見魯肅就拱手向他祝賀，說：「大都督的計用得妙！只有用這樣的『苦肉計』，才能使曹操相信黃蓋啊！你看着吧！下一步就該是黃蓋去投降曹操了。」諸葛亮又請魯肅千萬不要讓周瑜知道他已看破了「苦肉計」，魯肅也答應了。

周瑜自以為此計連諸葛亮都瞞過了，十分得意。而曹操自從誤殺了蔡瑁、張允後，十分謹慎。他雖然收到了黃蓋的投降信，又得到了自己的探子在江東傳來黃蓋被打的消息，

但仍不敢相信，還要再派人去江東證實黃蓋是真降還是假降。

這時，蔣幹又站出來說：「上次由於我的過失，令曹軍失去了兩員大將。這次我願再到江東，將功贖罪。」於是曹操便派他再到江東。

周瑜的「火攻」一計，是由一名叫龐統的江東才子想出來的。不過要用「火攻」，使一隻船起火燒着其他的船，就必須要向曹操建議把他的船隻連環地釘在一起。周瑜想道：這個「連環計」應由龐統向曹操獻上。那麼，由誰把龐統介紹給曹操呢？周瑜正發愁時，得知蔣幹二度來訪，他心中大喜：天賜良機啊，介紹龐統的人來了！

周瑜一見到蔣幹，便生氣地責罵：「上次你偷去我的信，壞了我的大事，這次又來做什麼？」說罷便命令手下把蔣幹帶到山中，說怕他洩露軍機，待戰事完了再放他回去。

蔣幹住在山中，十分煩悶。這天夜裏，他正在閒蕩，忽然聽到一陣讀書聲。蔣幹想：這一定不是個平常的人。他便順着聲音找去。在一間草房內，只見有人正在誦讀兵書。蔣幹叩門求見，得知夜讀的人便是江東名士龐統，蔣幹感到十分意外。

蔣幹問龐統為什麼一個人躲在深山？龐統答道：「周瑜為人太驕傲，根本容不下有才能的人，所以我才到這裏隱居。」蔣幹靈機一觸：「這次來江東又不能完成任務，回去

曹操一定會怪罪，如果能把龐統帶回去獻給曹操，也算是我的一個功勞啊！」

蔣幹便對龐統說：「你這麼有才華，不如隨我去跟從曹操，他一定會重用你的。」龐統很高興地說：「真的嗎？那麼說走就走，否則周瑜知道便不好辦了。」二人便連夜逃到江北。

曹操一聽龐統前來投靠，十分高興。親自出來迎接，帶他去參觀水寨，龐統問：「曹丞相的軍士多是北方人，他們適應水上的訓練和作戰嗎？」曹操正在為軍士暈船嘔吐煩惱，便問龐統有什麼好計。

龐統便乘機獻上「連環計」，說：「如能把大小船每三十隻連在一起，用鐵環相接，再在上面鋪上木板，軍士走在上面如走平地，就一定不會嘔吐生病了。」曹操覺得很有道理，立即採納了龐統的意見。

不久，曹操去視察水師的訓練，見到軍士們的情況果然大有好轉，十分高興。但身邊有位謀士指出：船連在一起，如果周瑜用火攻，就會令全軍覆沒了。

曹操自信地大笑着說：「這個問題我早已想到了！要用火攻，就要借助風力。現在是冬天，只會颳西北風，火只會燒到江東周瑜那一邊。若是春天颳東南風，才會燒到我江北呢！」他左右的人聽了都十分信服。

再說周瑜看到「連環計」已成功在望，很是高興。有一

天他上山頂察看曹軍水師的訓練，只見一陣西北風吹來時，軍旗都飄向了東南方，他想：火一燒起來，被攻的將不是江北的曹操，而是江東的吳軍啊！周瑜一着急，大叫一聲，口吐鮮血昏倒了。

諸葛亮得知後，對魯肅説：「我能治好周大都督的病。」便前去探望周瑜，問他為什麼忽然病倒。周瑜歎着説：「真是人有霎時的禍福啊！」諸葛亮笑着説：「是啊，天也是有不測之風雲的。」

周瑜一聽諸葛亮話中有話，便追問下去。諸葛亮説自己有一藥方，可治好周瑜的病，説着展開一張紙，上面寫着：欲攻曹公，須用火攻。萬事俱備，只欠東風。周瑜明白自己的病因瞞不過諸葛亮，便説出自己的擔憂。

諸葛亮説：「請您在山上築一座壇，我可以在壇上為將軍借來三天三夜的東南風，成全您的『連環計』。」

周瑜一聽，病立即好了，連忙按諸葛亮的吩咐安排一切。

諸葛亮非常鄭重地沐浴更衣，上山到壇前上香禱告，煞有介事地祈求東南風。

周瑜布下兵陣，只等東南風一起，便出兵進攻。黃蓋也準備好二十艘船，上面裝滿引火的物品，只等時候一到，便把引火船開進曹寨。

不料等到他們準備火攻的日子，天色仍很晴朗，沒有起

風的徵兆。周瑜沉不住氣，怕被諸葛亮耍弄，魯肅勸他安靜地再等等看。

等到三更時分，果然聽到風聲。周瑜走出軍帳，只見果然颳起了強烈的東南風，周瑜吃了一大驚，對諸葛亮又佩服又妒忌，想：「這個人實在太厲害了，絕不可以把他放走！」便派兵去殺諸葛亮。誰知軍士到了借東風的高壇，諸葛亮已經走了。原來諸葛亮已料到周瑜絕不會放過他，早在前一天備下小船，叫劉備派大將趙子龍來接他回去了。

追兵乘船追趕諸葛亮，見他的小船就在前面，便拉起帆直追，一邊還大叫：「軍師慢走，大都督請先生回去有大事商量！」

諸葛亮站在船尾笑着說：「我知道周瑜會來殺我，已早有準備！叫他好好打仗吧！我和他後會有期！」趙子龍向追兵的帆索射去一支箭，打下帆篷，令它慢了下來，追兵只好眼睜睜地看着諸葛亮的小船飄然遠去。

周瑜聽到追兵的報告，雖然沮喪，但東南風已起，戰機不可失，便暫時放下和諸葛亮較量的事，投入攻打曹寨的戰事。

諸葛亮回到劉備軍中，布下了計策，準備堵截曹軍的敗兵，好配合周瑜完成共同對付曹操的計劃。

曹操就在起風那天晚上收到了黃蓋一封信，說晚上會駕着二十條運糧船前來投降，以插黑旗為標誌。曹操大喜，親

自到水寨的大船上等候黃蓋。這時，東南風已颳起來了。

黃蓋率領着二十條引火船，向曹軍水寨——長江赤壁駛來，一路上順風順水。曹操遠遠看到飄揚的黑旗，以為黃蓋真的前來投降，興奮地大叫：「老天也來幫我了，這場仗我非勝不可！」

這時，曹操的一個謀士忽然發現有詐，叫道：「不要讓船靠近水寨！」曹操忙問什麼原因。謀士說：「裝着糧食的船該是沉甸甸的，但這些船卻是輕飄飄的啊！今晚颳的又是東南風，萬一他們放火，我們就完了」！

這一說提醒了曹操，他連忙叫人去阻攔黃蓋。黃蓋老當益壯，一刀把來人砍到水中。二十條引火船上的吳軍士兵點燃了引火船後，立即跳到小船上逃生。

當時東南風越颳越猛，二十條引火船的火也越燒越烈。它們衝到曹軍的水寨中，點燃了用鐵環連成一片的曹軍船隊，長江頓時成了火海，赤壁一帶火光衝天，只聽到曹軍中不時傳來慘叫聲。

曹軍的八十三萬人馬全軍覆沒，僅餘下二十七名殘兵，跟着曹操狼狽逃生。

赤壁大戰後，曹操的力量被挫敗。劉備、孫權趁機鞏固自己的力量，三國鼎立的局面初步形成了。

拾壹

劉皇叔過江招親
諸葛亮三氣周瑜

　　周瑜在赤壁之戰中取勝之後，想乘勝取下仍被曹操佔領的南郡。劉備也有此意，周瑜不服氣，親自去見劉備，請求先讓他攻南郡，攻不下時再讓劉備去攻。

　　諸葛亮叫劉備讓周瑜先去攻打南郡，還預言南郡早晚會歸到劉備手中。

　　周瑜雄心勃勃發兵去攻打南郡。

　　豈料把守南郡的曹仁也不是個草包，他和東吳軍隊第一個回合便打贏了。周瑜十分生氣，親自帶兵出陣，在曹軍撤退的必經之道上砍伐下許多樹木作為阻塞。曹兵被周瑜打得陣腳大亂，敗了一陣又一陣。可是，周瑜在這場戰事裏，也被毒箭射傷了。

周瑜高興地帶兵去接收南郡。

到了南郡城下，卻見城頭上插滿了旗子，有一名大將對着周瑜大叫：「請周大都督不要見怪！我是趙子龍，奉了諸葛軍師的命令，已提前取下南郡城了。」

周瑜見到手的肥肉被奪去，大為憤怒，下令軍士攻城，卻被亂箭擋了回來。

周瑜只好收兵回營。

但周瑜很不甘心，他重新策劃布陣，打算取下荊州和襄陽後，再回頭去取南郡。

這時有人報告說：「諸葛亮取下南郡，得到曹軍兵符，連夜把荊州曹軍引出去救曹仁，趁機叫張飛佔領了荊州。」

另一個報告說：「襄陽的曹軍也被諸葛亮派人拿兵符去騙引出城了，他們剛離城，諸葛亮就叫關羽佔領襄陽了。」

周瑜一聽自己日夜想攻取的兩座城被諸葛亮用計輕易取下，不禁忿忿不平，大叫一聲。這一叫，使他的箭傷迸裂，昏死過去了。

這便是諸葛亮一氣周瑜的經過。

再說東吳得不到荊州、襄陽，日夜想着收回這兩座城。

有一天，有人報告說劉備的妻子甘夫人死了。周瑜便心生一計，打算假意把孫權的妹妹介紹給劉備成婚，把劉備騙到東吳囚禁起來，然後再用他來交換荊州。孫權也認為這是一條好計，便派人前往荊州去作媒。

這天，劉備剛好正與諸葛亮閒談，手下來報告説東吳有人來訪。諸葛亮猜想説：「來者一定是為了荊州，這又是周瑜的一個計策。不管他説什麼，主公您都先答應下來，我們再從長計議，商量對策。」

説客見到劉備，説明了作媒的來意，還説：「如果我們兩家成了親戚，曹操便不敢再來侵犯我們了。只是吳國太十分疼愛這個獨生女兒，不肯讓她遠嫁，所以只好請您到東吳去成親。」

劉備推説這是大事，明天才能回覆他。

劉備對諸葛亮説：「這分明是周瑜設下的陷阱，我怎麼能中他的計呢？」

諸葛亮大笑：「周瑜的計策怎麼能騙得了我呢？您就放心去吧！到時您既可娶得孫權的妹妹，荊州又萬無一失，兩全其美啊！」

諸葛亮派趙子龍隨行，交給他三個錦囊，吩咐他在適當的時候才拆開。

第一個錦囊是叫劉備隨行的軍士披紅掛彩，入城採購。然後要劉備帶備厚禮去拜會大喬和小喬的父親喬國老，要讓城中人人知道此事。

劉備便照計行事，拜會喬國老，提起迎娶之事。

喬國老去向孫權的母親——吳國太道賀，國太不知此事，越聽越糊塗，便向孫權追問。孫權起初裝傻，被國太一

頓責罵後，才說出這是一條計謀。

國太一聽就動了氣：「周瑜是什麼東西！竟想用我女兒來施美人計！把劉備殺了，我女兒不是成了寡婦了嗎？這一生怎麼辦啊？」

喬國老也在一旁幫腔：「用這種計策奪回荊州，是要被天下人笑話的呀！這種事萬萬做不得！」

最後國太決定第二天約劉備見面，如合她的意，就把女兒嫁給他；不合意再聽任孫權處置。

孫權是個孝子，只好答應了。說客又建議在國太和劉備見面的甘露寺埋下伏兵，如果國太看不中，就馬上下令軍士上前擒拿劉備。孫權同意了。

第二天，劉備內穿盔甲，外穿禮服，在趙子龍一行人前呼後擁下來到甘露寺。國太一見劉備相貌堂堂，就十分喜歡，對喬國老說：「這真是我的好女婿啊！」

喬國老也逢迎道：「一看劉備，便是英雄帝王相。」

國太更加高興，設宴款待劉備。

酒宴中，趙子龍把寺內設有伏兵一事告訴劉備。劉備聽了，立即跪在國太面前說：「這寺裏有殺手埋伏，如果想殺我，就請動手吧！」

國太很生氣，責罵孫權說：「劉備已是我的女婿了，是誰想加害於他？」

孫權推三推四的，國太便下令把帶伏兵的將領殺掉。劉

備連忙勸阻，國太才消了氣。

劉備回到驛館，和同來的手下商議，都覺得此地不可久留，於是又再去請喬國老幫忙，希望能早日和公主完婚。

喬國老把劉備的意思轉告國太，國太把劉備一行召進府中居住，還挑選吉日讓劉備和公主舉行了隆重的婚禮。

劉備結婚後，夫妻感情極好，天天一起飲酒取樂。

孫權見到弄假成真的局面，只得把情況告知周瑜。周瑜很快又獻上一計，建議孫權把劉備留下，用宮殿、金錢、美女慢慢消磨他的鬥志，疏遠他和諸葛亮等人。然後，東吳再攻打荊州，就可取勝了。

孫權一一按他的建議辦。

劉備在東吳過着富貴的生活，一點也不想回荊州了。

趙子龍暗暗着急，想起諸葛亮臨行的吩咐，忙拆開第二個錦囊，便又依計行事。

趙子龍裝作驚慌的樣子去見劉備，説曹操為報赤壁之戰的仇，帶了五十萬精兵攻打荊州，請劉備馬上回去。

劉備流着淚去見孫夫人，跪下請求她准他回荊州救急。孫夫人和丈夫十分恩愛，堅持要與劉備同往。二人商量了很久，決定用到江邊祭祖的藉口離開，免得孫權和國太阻攔。等到了江邊，再偷偷回荊州去。

劉備便吩咐趙子龍新年那天在城外等候接應。

新年那天，劉備和孫夫人一起去給國太拜年。孫夫人告

訴母親到江邊祭祖的事，國太不明真相，十分贊成女兒去盡媳婦之道，隨丈夫去拜祖先。

劉備和孫夫人連忙起程，和趙子龍會合後，緊張地趕路。

孫權得知消息，派出兩員大將帶領精兵去追趕劉備。想想不保險，又派出了第二批追兵，並解下自己的寶劍，讓他們去把劉備和孫夫人的頭斬下帶回。

劉備馬不停蹄地趕路，卻被周瑜派來的軍馬攔住了。

劉備很是驚慌，忙問趙子龍有什麼計策。

趙子龍想起諸葛亮曾吩咐他：危險時可以打開第三個錦囊，便把第三條計策讓劉備看了。

劉備看完，走到車前，流着淚把真相告訴孫夫人：「孫權和周瑜商定把夫人嫁給我，是想利用夫人把我騙到東吳囚禁，然後奪下荊州，再把我殺掉。我雖然知道是計謀還要來，是知道夫人有大丈夫的胸襟，一定能明白我。日前聽說孫權要害我，才推說荊州有難，其實是想逃回去。幸得夫人對我恩重如山，願一同前往。現在前後都有東吳的兵馬，惟有夫人才能使我免除危難啊！」

孫夫人對兄長的所作所為十分氣憤，説：「哼，我哥哥既然對我這麼無情，我也不想再見他了。放心吧！今天的事由我來應付好了。」

於是孫夫人便對在前面守截的吳兵大聲喝道：「你們大

都督的膽子太大了！我已經向母親和哥哥稟明要回荊州，他竟敢派人來攔截我，真是太過份了！」說着，便命令車子繼續前進。

周瑜派來的將領不敢阻攔，只得放他們走了。

不久，孫權派出的第一批追兵趕到，責怪周瑜的軍士不該放走劉備。於是，兩支人馬集合在一起，趕緊追上去。

孫夫人見他們追上來，生氣地問：「你們又來幹什麼？」

「我們是奉了主公命令，請夫人和劉皇叔回去的。」

孫夫人更生氣了，罵道：「我是奉了母親的命令，跟夫婿回荊州的。就是我哥哥親自來了，也要尊重我母親的意思呀！你們這樣追趕我們，難道是想殺害我們夫妻嗎？」

那幾個人被罵得不敢抬頭，你看看我，我看看你，暗想：「孫權和公主是親兄妹，加上有國太做主，萬一事情翻轉過來，就成了我們的不是，倒不如放他們走吧！」

那四名大將便退到一旁，讓車子趕路。

孫夫人走後，孫權派出的第二批追兵趕到了。見到了四員大將後，他們舉起孫權所賜的寶劍着急地說：「哎呀，吳侯是下決心要殺劉備和公主的呀！趁他們沒走遠，快追上去吧！」

於是他們兵分兩路，一路趕回去向周瑜報告，另一路人馬追趕劉備去了。

劉備他們趕到江邊，想找船過江，江上卻不見一條船的

影子。正憂心時，身後塵土飛揚，原來是追兵正急急趕來。

劉備絕望地歎息：「唉，這回是非死不可了！」

正在這時，江上出現了二十幾艘篷船，趙子龍連忙請劉備先上船，逃到對岸後再說。

待全部人都上了船，只見船艙中走出一人，大笑着向劉備道賀新婚，並說：「我早就在此等候你們了！」

原來他是諸葛亮，那二十幾艘船上的客人，全是由荊州水軍所扮的。劉備又驚又喜，這才放下心。

不久，東吳的大將追到江邊，諸葛亮下令起航，一邊對他們說：「你們回去告訴周瑜，叫他不要再用什麼美人計了！」

東吳的軍士連忙拉弓射箭，但船已走遠，他們只得眼睜睜地看着劉備等人在自己眼皮底下大模大樣地離去。

劉備和諸葛亮的船正在前行，忽聽後面一片殺聲，原來周瑜接到手下的報告，親自帶水軍駕船追趕。眼看要追上了，諸葛亮下令眾人上岸行走，周瑜哪裏肯放過他們？也上了岸追趕。追了一程，卻遇到關羽領着人馬殺了出來，原來這又是諸葛亮事先作好的安排。

周瑜的軍士被打得大敗，逃向江邊，上船逃命。

岸上，諸葛亮命令士兵齊聲向周瑜高喊：「周郎妙計安天下，賠了夫人又折兵！」

周瑜氣得又大叫了一聲，過去的箭傷又裂開了，他昏倒

劉皇叔過江招親 諸葛亮三氣周瑜

在船上，不省人事。

這便是諸葛亮二氣周瑜的故事。

東吳認為赤壁大勝是東吳的戰功，在南郡又是周瑜用武力把曹仁打退，白白地讓諸葛亮用計先後佔領了南郡、荊州和襄陽，很不服氣，於是派人向劉備討還荊州。諸葛亮便請劉備寫下一借據，聲明荊州是暫借的，待取下西川之後，便歸還荊州。

過了一段時間，周瑜就上書孫權，請派魯肅去討回荊州。劉備向諸葛亮請教怎樣去應付。

諸葛亮對劉備說：「魯肅一說起荊州，您就放聲大哭，等您正哭得悲痛時，我會出來勸解的。」

劉備見到魯肅，便依計放聲大哭。

魯肅被他哭得驚慌失措，連連問：「您怎麼了？」

劉備不回答，依然掩着臉嗚嗚地哭。

這時諸葛亮走出來解釋說：「我的主公傷心痛哭，是因為進退兩難啊！當初主公曾答應攻下西川後，便歸還荊州，可是西川的劉璋算起來是我主公的弟弟，我們哪裏忍心去佔取弟弟的土地呢？但是如果不去取西川，還了荊州，我們又到哪裏安身？不還荊州，令你這次來的使命無法完成，我們又過意不去。唉，實在是難辦啊！」

劉備一聽，更是哭得捶胸頓足了。

魯肅是個忠厚的人，看到這個場面，便答應回去在孫權

面前為劉備他們說好話，遲些才叫交還荊州。

　　魯肅回去先去見周瑜，詳細地把事情的經過說了一遍。周瑜說：「他們哪裏是不忍心打劉璋，只不過是為不還荊州找藉口罷了！」周瑜讓魯肅再去一趟，對劉備和諸葛亮說：「既然你們不忍心打西川，我周瑜可以代勞！」

　　實際上，這又是周瑜的一計。他知道假稱攻打西川，路過荊州時，劉備一定會出城慰勞軍隊，到時就趁機把他殺了，把荊州奪回來。

　　魯肅第二次到訪，諸葛亮早就料到他只是去見了周瑜，這次來一定又是帶了周瑜的計策來，想叫劉備上當的。

　　諸葛亮對劉備說：「魯肅進來，不管他說什麼，只要您看到我點頭，就可以應允下來。」

　　魯肅便把周瑜所說去打西川的主意說了，還特別說：「只是大都督希望軍隊路過時，劉皇叔能準備些錢、糧慰勞軍士。」

　　諸葛亮和劉備滿口答應，魯肅見使命已完成，便歡天喜地地告辭了。

　　魯肅走後，諸葛亮對劉備說：「哈哈，周瑜這個計策，用心太明白了，連小孩子也瞞不過。他的死期快到了！」

　　原來諸葛亮已看出周瑜只是用這樣的藉口引劉備出城，趁機佔領荊州。於是他布置了手下迎戰，等待周瑜來送死。

　　周瑜聽了魯肅回來的報告，得意地大笑：「原來諸葛亮

也有中我計的一天！」

於是周瑜便親自帶領水陸大軍五萬人直逼荊州，他自己坐在船中，不時高聲大笑，以為此行一定會取勝。

他們快要到荊州城時，卻不見劉備有任何出來迎接的動靜。探子又回來報告説，荊州城上只插了兩面白旗，卻不見人影。周瑜這才起了疑心，急忙率領將士到城下看個究竟。

來到城下，果真是靜悄悄的。周瑜命令手下的軍士去叫門，趙子龍站在城頭向着周瑜喊道：「大都督為何來這裏？」

周瑜説：「我幫你的主公攻打西川，難道你不知道嗎？」

趙子龍説：「我們軍師早知這是大都督奪取荊州的計策了！我留下來就是專為侍候大都督您的啊！」

周瑜這才明白中了埋伏，調轉馬頭就走，卻見關羽、張飛等四員大將一齊殺來，喊聲震天，齊叫「活捉周瑜！」

周瑜大叫一聲，箭傷復發，摔下馬來，他左右的人忙把他救回船上。這時又有人來報告説：「劉備和諸葛亮在前面的山頂上喝酒取樂。」

周瑜氣得咬牙切齒，説：「你們嘲笑我取不下西川嗎？我偏要攻給你們看看，讓你們知道我周瑜絕不是無能之輩。」

周瑜強忍傷痛，命令軍馬向西川前進。走到半路，有人送來了諸葛亮的信，上面寫着：「聽説您帶兵去打西川，我想奉勸您一句，這樣做沒有什麼好處。西川地勢險要，國富民強，劉璋雖然糊塗，但也還能守得住。況且曹操自赤壁大

戰後至今對您仍懷恨在心，如果曹操趁您帶兵遠離的時候趁機攻打吳國，你們吳國就完了。請將軍三思。」

周瑜看完信，長歎一聲，命令屬下把紙筆拿來，給孫權寫了一封告別信。又把手下召集到身邊，訓勉他們要好好地幫助主公，効忠國家，說完就昏了過去。

不多久，周瑜慢慢醒過來，想到自己智勇雙全，卻一再敗在諸葛亮手下，便不甘心地連聲叫道：「老天爺啊老天爺，既然生了我周瑜，又何必再生諸葛亮呢？」

這樣叫了一陣，周瑜終於死去，死時才三十六歲。

這就是諸葛亮三氣周瑜的故事。

這時正是建安十五年（公元二一〇年）。

◆ 劉皇叔過江招親　諸葛亮三氣周瑜 ◆

拾貳

關雲長敗走麥城
陸遜險困八卦陣

赤壁大戰之後，三國的形勢又起了很大變化。曹操奪取了西涼，聲威浩大。建安二十一年（公元二一六年），漢獻帝被逼把曹操封為魏王，從此曹操從衣服到車乘，無一不是皇帝的氣派。

劉備有了諸葛亮和各將領的幫助，不久也收服西川，佔領漢中，聲勢也壯大了。

東吳一心想討回荊州，謊稱吳國太病危，把孫夫人和劉備的兒子阿斗騙回江東，但半路上趙雲把阿斗截回去了。接著，東吳又派諸葛瑾來討還荊州，但是劉備不肯給回。諸葛亮看到這時劉備已經有了巴蜀和漢中等地，也請劉備歸還荊州，和東吳修好。可是劉備惱怒東吳一再使用詭計，堅決不

肯答應。

後來，東吳派精兵裝扮成商人藏於船中，深夜時出動，把守衞在烽火台上的蜀兵全捉起來，佔領了荊州。

關羽帶兵想奪回荊州，但遇到吳軍襲擊，最後他被困在麥城，手下只有五六百兵，城中又沒有糧草，關羽只好帶兵突圍。殺出城門後，遇到了埋伏的吳兵，雙方進行了激戰。關羽坐的馬被吳兵用繩子絆倒，關羽摔落馬下，被吳軍俘去，其兒子關平趕來搶救，也被捉住。

孫權得到關羽父子，十分高興，勸關羽父子投降，關羽只是破口大罵。孫權被惹怒了，命令把關羽殺了。他怕劉備報仇，便把關羽的頭用木盒裝好，連夜送去給曹操，想把殺害關羽的罪嫁禍於曹操。

劉備得知關羽父子被殺的消息，大叫一聲，昏倒在地。他醒來咬牙切齒地起誓説：「我與東吳的仇恨不共戴天！」

曹操接受孫權送來的關羽頭之後，採納手下的建議，用隆重的禮節把關羽埋葬了，以挑起蜀、吳間更大的矛盾。但從此他每晚睡覺都夢見關羽，十分害怕，患了嚴重的頭痛病，最後發展至雙目失明。他知道自己日子不長久了，於是把手下召來，吩咐説：「我死後要蓋七十二座相同的墳墓，免得被人挖掘屍骨。」説完，曹操就斷氣了。

曹操死後（公元二二〇年），他的兒子曹丕繼承了魏王的王位，篡奪了漢朝的帝位，改國號為魏。漢獻帝被貶為山

陽侯，四百多年的漢王朝就此結束。諸葛亮等人也擁戴劉備登上帝位，為了表示延續漢室，定國號為漢，封諸葛亮為丞相。

張飛自關公死後，日夜傷心大哭，眼睛都哭出血來。將士們便陪他喝酒，希望可以消除他的苦悶。但張飛喝酒後脾氣更暴烈，常處罰部下。

張飛去見劉備，抱着劉備的腿大哭：「要早日出兵討吳為二哥報仇啊！」劉備便決定立即起兵攻打東吳。

張飛下令三天內做好白旗白衣，三軍掛孝去討伐東吳。兩名手下希望能寬限幾天，卻被張飛下令鞭打。這兩個人對張飛十分怨恨，計劃趁當夜張飛喝醉酒殺掉他。他們摸到張飛的牀前，看見張飛大睜着眼，嚇得一動也不敢動，後來聽到張飛的鼾聲，才知道張飛是睜着眼睛睡覺的。他們趕快割下張飛的頭，提着投奔東吳去了。

這一來，劉備更把東吳恨得咬牙切齒。孫權為與劉備修好，把張飛的頭用沉香木盒裝好，又派人押着殺死張飛的兩員降將，一併送回蜀國。

劉備即時設下靈台，拜祭張飛，把兩名反賊抓到靈前殺掉了。

諸葛亮和劉備的臣子都認為，深仇大恨已報，不如進一步令東吳交還荊州，送回孫夫人，兩國結下友好同盟，共同消滅曹丕的魏國。因為討魏國是國仇，而討東吳不過是私怨

罷了。

不料劉備不僅不聽勸告，反而說：「我最恨的就是孫權，我要先滅掉吳國，再去對付魏國！」

東吳得知劉備的意思，十分焦慮，於是起用一個叫陸遜的書生為都督。陸遜雖年青，但卻很有軍事才能，一出任就令他的部下十分佩服。打敗劉備的關鍵性的一仗，便是由陸遜親自上陣的。

劉備決心消滅東吳，親自帶兵，浩浩蕩蕩地逼進東吳。當知道東吳的都督是陸遜，劉備便不把他放在眼內。劉備命令軍士沿着江邊紮下水寨，一直深入到吳國境內，共設有四十多個兵營，縱橫七百里。有些蜀將擔心這樣會造成退守的困難，但劉備卻說：「我們只會長驅直入，絕不退守！」

諸葛亮那時在另一處鎮守，得知劉備紮水寨的方法，很擔心，叫手下前去勸劉備改變策略，他說：「假如對方用火攻，蜀軍就完了！不過，如果主上這次戰事失利，可暫到白帝城避難。我當初入西川時，在一個叫魚腹浦的地方埋伏了十萬人馬。」

聽到此話的人心中十分奇怪：在魚腹浦可從不見有十萬伏兵呀！

陸遜一直沉住氣，不發兵與前來的蜀軍對戰，直到蜀軍的鬥志都鬆懈下來，才令手下出擊去攻打蜀營，戰局果然如諸葛亮所料。吳軍用了火攻一計，陸遜還下了命令，要求前

往的吳兵一定要捉到劉備。

　　一起火，七百里蜀營，借着風勢燒成了一片，蜀軍慌忙逃命，死傷無數。劉備倉皇上馬，東走西逃，只見火光連天，一時無處逃避。幸得他手下幾員大將拚死相救，才把劉備護送到白帝城去了。

　　這次蜀軍傷亡慘重，許多將士死於亂戰中，還有不少投降吳國。當時，孫夫人在吳國，聽到蜀軍大敗的消息和劉備陣亡的誤傳，坐車來到江邊向着西方痛哭，然後投水自殺了。

　　陸遜取得了大勝利，想乘勝繼續追擊劉備，但途中到了魚腹浦，卻見到不尋常的景象，那裏四處像有軍馬埋伏的樣子。陸遜不敢輕舉妄動，令軍馬暫停前進，派探子去細察情況。

　　探子回報說：「江邊並無半個人影，只有八九十堆亂石。」

　　陸遜十分奇怪，找來幾個當地人查詢。

　　「那些亂石是當初諸葛亮來時在沙灘上擺放的陣勢，那裏常會有一股殺氣沖起。」

　　陸遜便帶了些手下前去察看石陣，發現石陣的四面八方都有門户。陸遜直入石陣觀看，笑道：「這些石陣沒有什麼用啊！」這時天上突然狂風大作，風沙滾滾，那些石頭一塊塊登時面目猙獰，看上去成了一座座險山，再加上江水的聲音響如巨雷，這裏的景象頓時顯得十分恐怖。

　　陸遜大叫：「我中諸葛亮的計了！」正要退出，卻找不到出陣的退路，他十分疑惑與驚慌，急得不知如何是好。

　　這時，一個老人突然出現，笑嘻嘻地問他：「將軍想走出石陣嗎？」

　　陸遜大喜，忙求老人引路，領他出陣。

　　陸遜對老人十分感激，問：「老人家是什麼人啊？」

　　老人答道：「我是諸葛亮的岳父。當初我女婿入西川，在這裏擺下這個石陣，又叫『八陣圖』。這個陣變化莫測，好比埋伏下十萬精兵。我女婿曾說過：以後會有一名東吳的大將軍迷失在這『八陣圖』裏，叫我千萬不要把他引領出來。但我平生心善，不忍見將軍被圍困在這『八陣圖』裏，所以才把你引出來。」

　　陸遜慌忙下馬，再三向老人道謝。回到自己的軍寨中，他想起「八陣圖」的一幕，仍然吃驚不已，不禁歎息說：「諸葛亮的確是有眼光，我真是遠遠比不上他啊！」

　　於是，陸遜下令軍馬回東吳去了。

拾參

劉備臨危託孤兒
孔明巧用空城計

　　劉備在和東吳都督陸遜的戰事中失利，被困白帝城。蜀軍將士陣亡、投降的消息不斷傳來，劉備想起自己不聽從手下的勸諫，一意孤行，十分後悔，加上心情傷感焦慮，終於病倒了。

　　劉備明白自己的日子不多了，命令人去把駐在成都的諸葛亮召來。二人一見面，劉備便流淚對諸葛亮說：「都怪我不聽丞相的勸告，才造成今天慘敗。我死了也就算了，可惜太子年紀尚幼，不能主持國家大事，我只好把這個重任託付給你了。」

　　諸葛亮淚流滿面，請劉備把心放寬些。劉備寫下遺詔，交給諸葛亮，希望他以後好好督導太子，還說：「如果太子

沒有才能，成不了大事，你完全可以取代他。」

諸葛亮慌忙說：「我一定全力輔助太子！」說着，拚命地向劉備叩頭表示自己的忠心，直到叩出血來。

劉備安排完後事就死了，死時六十三歲。

諸葛亮自劉備死後，便讓太子劉禪登基當了皇帝，自己盡心盡力輔助他管治天下。蜀國的軍隊出征，連打勝仗。劉備死後三年，南蠻王孟獲叛亂，率十萬大軍進攻永昌。諸葛亮親自率領五十萬大軍，渡過烏煙瘴氣的瀘水，克服了一切困難，打敗了孟獲，七次擒了他又七次放他回去。最後孟獲說：「我再不造反了。」從此平定了南方。蜀國的國土不斷擴大，治安穩定，連年豐收，國庫充足。

這時魏國曹丕已死，新皇帝曹叡登了位（這年是公元二二七年），起用了大將司馬懿掌管兵權。

司馬懿上任後，調兵遣將，準備征討蜀國。

諸葛亮分析了戰局，認為司馬懿一定會攻取街亭這個地方，來截斷蜀軍的咽喉要路。他決定派兵守住街亭，比敵軍先走一步。

一名叫馬謖的將領站出來說：「我願去守街亭。」諸葛亮雖很賞識他，但擔心馬謖打不過司馬懿等人。

馬謖很自信，立下軍令狀，說：「街亭如萬一有失，願受軍法處置。」

諸葛亮挑了兩萬多名精兵，又派一名謹慎的老將去協助

馬謖。等他們離去後，諸葛亮為了預防萬一，還在街亭附近安排了接應的軍隊人馬。

馬謖自以為熟讀兵書，十分自大，不聽同去的老將勸阻，決意把軍隊駐在山頭，認為這樣能刺激軍士殺敵。

司馬懿果然帶兵前來，想佔領街亭這個重要的地方。他派人去打探消息，得知街亭的確駐有蜀軍，不禁暗暗佩服諸葛亮的眼光。但他又得知蜀軍駐紮在山上，便大為高興，認為是老天爺幫助他們成功。因為如果他派兵圍住山頭，蜀軍便無路可退。

第二天雙方一交戰，蜀軍見山下處處是魏軍，亂了陣腳，不敢衝下山去，被圍困了一天。士兵們吃不上飯，喝不上水，軍心渙散。半夜，蜀軍中有人開了寨門投降魏軍，司馬懿又趁機下令用火攻山，終於佔領了街亭。馬謖只帶着二千人馬逃下山來。

司馬懿佔領街亭後，乘勝追擊，帶着十五萬人去攻打蜀國存放糧草的西城。

諸葛亮一得知街亭已失，便長歎一聲：「唉，我用錯人了！」便布置軍隊撤退，自己則帶着五千士兵去西城搶運糧草。正搬運到一半時，有人來報：「司馬懿的十五萬大軍到了！」

這時諸葛亮的五千人馬已有一半在運糧草的路上，城內只有一些文官和二千五百名士兵，一員大將都沒有。那些文

官聽説司馬懿已到，嚇得臉如土色。諸葛亮登上城門，見魏軍果然來勢洶洶，遠處塵土飛揚，戰馬嘶叫。

諸葛亮急中生智，命令軍士收起所有的旗子，打開四個城門，每個城門只派出二十名軍士扮百姓灑掃街道。然後，他讓書僮把一張琴搬上城樓，點起了一柱香，自己則對着十五萬敵軍悠閒地彈起琴來。

司馬懿的先頭部隊殺到，見城樓一派平靜，十分疑惑，不敢貿然攻進，急忙回去報告司馬懿。司馬懿想：大敵當前，哪裏會有如此輕鬆的道理？裏面一定有鬼！便親自前去察看。

司馬懿到了城下細心察看，才相信先頭部隊的話。那諸葛亮一副旁若無人的樣子，微笑着只顧專心彈奏，身邊還有兩個童子侍候，整個城裏的氣氛十分平和。

司馬懿想了想，當即命令：「退兵！」

他的二兒子説：「父親，我們應該攻城才對啊！諸葛亮一定是城中無兵，才故意布下這個疑陣。」

司馬懿説：「諸葛亮一生都很謹慎，從來沒有冒過險。現在城門大開，裏面一定有重兵埋伏。等把我們引誘入城，他們就該攻打我們了。諸葛亮的厲害，你們哪裏知道？還是快快退兵吧！」

蜀軍上上下下人人都正捏着一把汗，見魏軍突然撤退，內心仍很驚駭，不知道司馬懿又玩什麼花樣。

諸葛亮卻拍手大笑：「成功了！成功了！司馬懿知道我一向謹慎，不肯輕易冒險，因此懷疑我是用計騙他入城，城內必伏有重兵，所以他不敢輕易進攻才撤兵走了。但我實在也是逼不得已，才用了這個辦法，想起來也真是有些冒險呢！」

眾人聽了諸葛亮的話，都佩服得連連點頭，説：「丞相真是了不起！如果依我們的想法，早就棄城逃跑了！」

諸葛亮又説：「如果棄城而逃，逃不多遠就會被司馬懿追上的。現在，他正在撤退，我已經派人在他的必經之路上等着收拾他了。」

諸葛亮知道西城並不安全，便帶着人馬撤往漢中。

到漢中，諸葛亮查問了原因後，便把失守街亭的馬謖叫來問罪。諸葛亮説：「派你守街亭時，我已再三向你説明了街亭的重要，你也用性命擔保要完成重任。可是最後你不聽別人勸阻，竟然發生了失街亭的大禍！我假如不殺你，又怎麼能嚴明軍紀，令全軍信服？」

馬謖認錯説：「我錯了！這回我犯的是死罪，應當受到懲罰。只是希望我死之後，丞相能好好照顧我的孩子。」

説到這裏，馬謖已泣不成聲，諸葛亮平日十分疼愛與器重馬謖，此時也忍不住流下淚來，説：「放心吧！你的孩子就是我的孩子。」他強忍住眼淚和痛惜的心情，命人把馬謖拉出去殺了。

　　不一會，軍士捧上了馬謖的頭，諸葛亮不禁放聲痛哭。他手下的將士勸慰說：「馬謖是因為犯罪被殺的，丞相又何必傷心呢？」

　　諸葛亮說：「我不是哭馬謖，我是想起一件事來了。先帝臨死時曾問過我對馬謖的看法，我稱讚馬謖是當今英才，先帝當時就已經語重心長警告過我，說馬謖這個人愛說大話，絕不能重用。唉，都怪我自己糊塗，不聽先帝的話，因此才傷心落淚啊！」

　　軍士們聽了，也都忍不住掉下淚來。

　　司馬懿退兵時，被諸葛亮布置的軍隊追殺，退回了街亭。後來，他接獲蜀軍全部退回漢中的消息，帶兵來到西城親自察看，才知諸葛亮焚香彈琴，果真是唱了一場「空城計」的戲。

　　司馬懿不禁萬分懊惱，仰天長歎，自愧不如諸葛亮。

劉備臨危託孤兒　孔明巧用空城計

拾肆

葫蘆谷魏軍遭伏兵 死諸葛嚇走活司馬

諸葛亮自掌管蜀中大事，協助劉備的兒子劉禪管理國事，一切都很順利。但他不忘與魏國的仇恨，待準備妥當後，便奏明皇帝，再次進攻中原的魏國。

諸葛亮再次與司馬懿交手，想直取渭水河邊司馬懿的大本營。不料司馬懿已料到這一招，早有防備，埋伏下軍馬，反把蜀軍殺得大敗。

諸葛亮心中十分憂悶，再度到渭水邊察看地形。他來到一個谷口，發現出口處只能進出一人，但裏面卻十分寬闊，可容納千餘人，這地方叫葫蘆谷。

諸葛亮見到那裏的地形，很是歡喜，想出了一條打敗魏軍的計策。

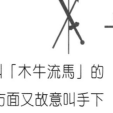

他先命令手下在葫蘆谷內製造一種叫「木牛流馬」的運糧工具，一方面為蜀軍運送糧食，另一方面又故意叫手下讓魏軍搶截木牛流馬，好讓魏軍相信葫蘆谷是蜀軍屯糧的地方。

這些事情安排完後，諸葛亮便在葫蘆谷設下伏兵，埋下地雷，還調派了大將前去魏軍寨前挑戰，把司馬懿引進陣來，再誘至葫蘆谷，好擒住司馬懿。

魏軍果然中計。司馬懿出了軍營，見蜀軍都去救應另一處營寨，料想葫蘆谷附近的蜀軍營寨一定兵力空虛，便帶着兩個兒子殺到葫蘆谷附近來。

他們快到谷口，遇上蜀軍一員大將的軍馬，彼此打了幾個回合，那員大將便逃跑了。司馬懿見他只有一個人，便追了上去。那員大將忽隱忽現的，把司馬懿父子直引到葫蘆谷口。

司馬懿為人十分謹慎，不敢輕易殺進，派人先進谷內探看，待知裏面沒有動靜，只有些草房時，才決定殺進谷內。因為司馬懿斷定此處是蜀軍屯糧的地方，想一舉取下蜀軍的糧倉，令蜀軍的生路完全被堵截。

進到谷內，被司馬懿追殺的那員蜀軍大將忽然不見了，谷內靜悄悄的。司馬懿進到草房察看，裏頭並無糧食，只有一些乾草。

司馬懿起了疑心，對兩個兒子說：「情形有點不對了！

如果現在蜀軍截住谷口，我們父子三人必死無疑了！」

話剛說完，只聽見喊聲大震。谷內四面的山頭忽然殺聲大作，丟下了無數的火把，堵住了谷口，同時地雷又一齊爆發，草房內的乾柴燒了起來，火勢迅速蔓延，葫蘆谷口成了一片火海。

司馬懿十分驚恐，下馬抱着兩個兒子號哭着叫道：「我們父子，今天要死在諸葛亮的手中了！」

蜀軍越戰越勇，以為此仗必把魏國的主帥收拾無疑，戰局似乎馬上就要定出勝負了。

正在此時，天上忽然颳過一陣狂風，接着下起了傾盆大雨。

司馬懿欣喜若狂，大叫：「這是老天來幫助我啊！」忙帶着人馬殺出葫蘆谷。

這次交戰，魏軍死傷無數。司馬懿收拾起殘兵敗將，重新安營紮寨，下令軍士堅守，不外出迎敵。

再說諸葛亮知道司馬懿父子已被誘入葫蘆谷，十分高興，認為司馬懿父子就要死在自己布下的戰陣裏。沒想到天有不測之風雲，竟是一陣狂風驟雨，把燒起的大火也澆滅了，令司馬懿父子有了逃生的機會。

諸葛亮只好歎息說：「謀事在人，成事在天，實在是不能勉強的啊！」

諸葛亮屢次派人去向魏軍挑戰，但司馬懿只是按兵不

動。諸葛亮便用了「激將法」，叫使者拿着女人用的衣服首飾去見司馬懿，意思是嘲笑他是個膽小無用的女人。

司馬懿心中雖然憤怒，但表面仍安詳若定，不但收下送來的東西，還笑着和蜀國使者聊天，問起諸葛亮的起居飲食情況。

使者回答説：「丞相起早睡晚，時刻為公務勞心勞力，吃得也不多。」

司馬懿心中暗暗高興，但也只説：「這樣子能活得長久嗎？」

使者回去把一切向諸葛亮稟報後，諸葛亮説：「司馬懿實在太了解我了！」

這時的諸葛亮因為操勞過度，精神已一天不如一天。他的手下勸他要把工作分攤開來，免得勞累過度，諸葛亮哭着説：「我也知道要愛惜身體，但我受了先帝的囑託，有責任要盡心盡意輔助主上，我一點也不敢放鬆自己啊！」

周圍的人聽了，都感動得流下淚來。

那時孫權本已答應派兵與蜀國一起攻打曹魏，不料中途事事不順，令軍機洩露，吳兵只好撤退。

諸葛亮得知消息，長歎一聲，昏倒在地。眾人七手八腳把他救醒，諸葛亮只連連歎息説：「我的心很亂，舊病又復發了，我怕自己命不長了。」

眾人都哀哀痛哭，再三請丞相保重。

葫蘆谷魏軍遭伏兵　死諸葛嚇走活司馬

　　這天晚上，諸葛亮抱病起牀，走出軍帳察看星象，見天上三台星中，客星明亮，主星幽暗，便心亂如麻，因為這預示着他的生命快要完結了。

　　諸葛亮的手下忙請他用祈禳*法留住性命。

　　於是諸葛亮叫一員大將帶人守在軍帳外，自己則留在帳內點燈施法，他說：「如果七天內主燈不滅，我便可增壽十二年；如果主燈滅了，我就一定會死的。」

　　司馬懿也在觀測天象，他看到天上的將星失位，大喜，說：「諸葛亮很快會死去了！」他派兵去蜀軍營帳前騷擾，看看蜀軍的反應，以推測諸葛亮的病狀。

　　諸葛亮已祈禳到第六天，見主燈仍很明亮，心放寬了一些。但這時一員大將推開守兵衝入，報告說：「魏軍前來攻打了！」他因為着急，竟把主燈踢翻了。

　　眾人大驚，認為是不祥之兆，要把闖禍的人殺死，但是諸葛亮勸止了，說：「生和死都是命中註定的，祈禳也沒有什麼用，你們還是趕快去和司馬懿打仗吧！」

　　諸葛亮把他一生的學問寫成二十四篇書，還把一種新武器的製造方法畫成圖樣，一併交給手下一員大將。接着，又吩咐手下以後要注意的事情。他把事情一一安排好，便昏了過去。醒來後連夜上書，奏告劉禪自己的病已很嚴重了！

＊祈禳：向神祝告，拜祭消災。

劉禪十分驚慌，特派了官員去問安，並問起國家大事的安排，諸葛亮一一作了回答。他又勉強支撐身體去巡視各個營寨，回來後覺得支撐不住了，便拿紙筆寫下遺囑，又吩咐手下：「我死之後，要把我的屍體安在一大龕內，在我口中放七粒米，腳下點一盞燈。蜀軍中不可替我舉辦喪事，這樣我的將星便不會墜落了。」

諸葛亮想用這樣的方法嚇走司馬懿。

當晚，諸葛亮出去看星座，向眾人指出：「這就是我的將星。」眾人一看，那星已經光芒黯淡了。諸葛亮不久就昏了過去，劉禪派來的官員忙問：「丞相死後的繼任者該是誰？」諸葛亮回答到一半就斷氣了，頓時天地失去了光彩，彷彿十分哀戚。

諸葛亮死時，年僅五十四歲。

諸葛亮病重的時候，司馬懿也在時刻注意察看天象。他忽然看見一顆紅色的大星落下蜀營，便驚喜地大叫：「諸葛亮已死！」立即下令向蜀軍進攻。

但臨出兵時，司馬懿又起了疑心：「諸葛亮這個人太厲害了，是不是他又用裝死的法術引誘我出兵呢？」於是又命軍馬撤回，只派人去打探。

這一來，蜀軍便有了時機按照諸葛亮的布置，把兵撤回安全的地方。

司馬懿得知了真情，後悔得直跺腳：「諸葛亮真死了！

◆ 葫蘆谷魏軍遭伏兵　死諸葛嚇走活司馬 ◆

我們要快去追擊蜀軍！」

　　魏軍在司馬懿的帶領下，眼看快要追上蜀軍了，卻見樹林中忽然飄出一面旗來，上面寫着：漢丞相諸葛亮。司馬懿正在吃驚，又見蜀軍推出一輛車子，諸葛亮正手搖羽毛扇端坐車中。

　　司馬懿大叫：「諸葛亮沒有死，我們又上當了！」

　　蜀軍大喊：「賊將司馬懿，你中了我們丞相的計了！」

　　魏國的官兵嚇得魂飛膽喪，紛紛丟下武器逃命。司馬懿也嚇得掩頭奔走，逃了五十多里路，直到魏將上前保護他，他還連聲叫道：「哎呀，我的腦袋還在嗎？」

　　司馬懿抱着腦袋喘息了許久，才安定下來。

　　過了兩天，有人來報告說，蜀軍撤退時，軍中白旗飄飄，哭聲震天，諸葛亮的確是死了，而車上坐着的諸葛亮，只是個木頭人。

　　原來，諸葛亮在很久以前已吩咐人用木頭給自己雕一尊像。臨終前他吩咐蜀軍的大將，如果司馬懿趁蜀軍撤退時追趕，可把木像安放在車中，嚇走司馬懿。

　　司馬懿聽罷來人的報告，只得連聲歎道：「諸葛亮活着的時候，我時時小心提防中他的計，沒想到他死了，還要令我上當。這個人真是天下少有的奇才啊！」

　　後來，人們常常使用的「死諸葛嚇走活司馬」這句諺語，便是從這個故事中得出來的。

三國演義

拾伍

劉阿斗樂不思蜀 滅三國大晉一統

　　劉阿斗就是劉備的兒子劉禪，也就是後來蜀國的皇帝，劉備臨死時把他託給了諸葛亮，後來諸葛亮扶助他登基做了蜀國的皇帝。

　　但劉禪是個沒用的皇帝。諸葛亮死後，魏軍攻到劉禪所在的成都，劉禪嚇得不知如何是好，最後他竟帶着文武百官投降魏國。魏軍把他和其他幾個大臣帶到魏國的首都洛陽，蜀國從此亡國了。

　　那時司馬懿已去世，魏國的大將軍是司馬昭，也就是司馬懿的兒子。

　　司馬昭見到劉禪，就厲聲對他說：「你只知玩樂，不懂得好好治理國家，憑這條就可以把你殺了！」劉禪嚇得一句

話都不敢説。

魏國的官員求情，説：「既然他已投降了，就不要再處罰他了吧！」

司馬昭聽從大家的話，把劉禪封作安樂公，送給他許多僕人和金錢。

第二天，劉禪親自帶着手下的蜀國官員去感謝司馬昭。司馬昭設下酒宴招待他們，席中還故意安排表演魏國和蜀國的歌舞。這一來，蜀國人都想起了蜀滅國之辱，又被勾起了思鄉情，看得淚流滿面。

劉禪卻是一點都不在意，又説又笑的看得十分高興。

司馬昭看到劉禪的反應，不禁悄悄對身邊的官員説：「一個人竟然可以無情到這種地步！即使諸葛亮還在生，也無法幫助這種人治理國家啊！」他故意問劉禪：「你想念蜀國嗎？」

劉禪説：「我在這裏太快活了，我一點兒也不思念蜀國。」

過了一會，劉禪出外更衣*，一個蜀官跟出來對他説：「您怎能説不想念蜀國呢？如果司馬昭再問起，您可以跟他哭訴：父親的墳墓還在蜀國，我心裏很痛苦，沒有一天不思念蜀國，這樣他才會放我們回去。」

＊更衣：指上洗手間。

劉禪忙把這幾句話記在心裏。

回到宴會上，劉禪繼續喝酒，快要醉倒了。司馬昭又問：「你思念蜀國嗎？」

劉禪忽然想起剛才有人教他這時該哭，但他擠不出眼淚，便把眼閉上，把蜀官教他的話説了一遍。

司馬昭説：「你講的話怎麼跟某人説的一模一樣？」

劉禪睜開眼，趕緊説：「正是某人教我這麼説的啊！」

司馬昭和下屬見到劉禪這副又誠實又窩囊的樣子，都不由得笑了。司馬昭斷定劉禪是個無用的人，便留他在魏國吃喝玩樂，不把他放在心上。

後來，司馬昭被魏封為晉王。不久，他就中了風，不能説話，臨死以手指着自己的長子司馬炎，示意王位由他繼承，司馬炎當日就登上了晉王位。

司馬炎野心很大，逼魏王把帝位讓給他，並把國號改為晉，最後攻克了吳國。

從此，天下結束了三國鼎立的局面，由晉統一了中國。

語文實力大挑戰

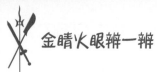

金睛火眼辨一辨

在正確的答案前打「✓」。

1. 本書的作者是中國章回體小說的鼻祖，他是誰？
   □ 羅本　　　　□ 羅貫中　　　　□ 曹雪芹

2. 下列哪個皇帝被曹操「挾天子以令諸侯」？
   □ 漢靈帝　　　□ 漢少帝　　　　□ 漢獻帝

3. 三國時期，在洛陽獲得玉璽的是誰？
   □ 孫堅　　　　□ 袁紹　　　　　□ 劉表

4. 諸葛亮是被誰舉薦給劉備的？
   □ 關羽　　　　□ 張飛　　　　　□ 徐庶

5. 呂布在被殺之前向誰求情？
   □ 劉備　　　　□ 曹操　　　　　□ 陳宮

6. 陸遜在八卦陣被困時是誰救了他？
   □ 諸葛亮　　　□ 諸葛均　　　　□ 諸葛亮的岳父

三國演義

重點追蹤填一填

把正確的答案填在（　）裏吧！

1. 《三國演義》中煮酒論英雄的是（　　　　　　）和
（　　　　　　）。

2. 「天下三分」指的是天下分裂為（　　　　　　）、
（　　　　　　）和（　　　　　　）三國。

3. 關羽離開曹操時把曹操賞賜的金銀財寶都退還給曹操了，只
留下曹操賞賜的（　　　　　　）。

4. 諸葛亮發明的運輸糧草的工具叫（　　　　　　）。

5. 《三國演義》中「三英戰呂布」中的「三英」指的是
（　　　　　　）、（　　　　　　）、
（　　　　　　）。

6. 小喬是（　　　　　　）的夫人，其姐姐大喬則是
（　　　　　　）的夫人。

語文實力大挑戰

歇後語，對對碰

請將下列歇後語相對應的左右部分用線連起來。

東吳招親　　●　　　　　　　● 一個願打，一個願挨

曹操殺呂伯奢　●　　　　　　● 有借無還

劉備借荊州　　●　　　　　　● 將錯就錯

張飛繡花　　●　　　　　　　● 有聲有色

貂蟬唱歌　　●　　　　　　　● 單刀直入

周瑜打黃蓋　　●　　　　　　● 弄假成真

關公赴會　　●　　　　　　　● 粗中有細

《三國演義》

對號入座連一連

把下列人物與他們各自所使用的武器連起來吧！

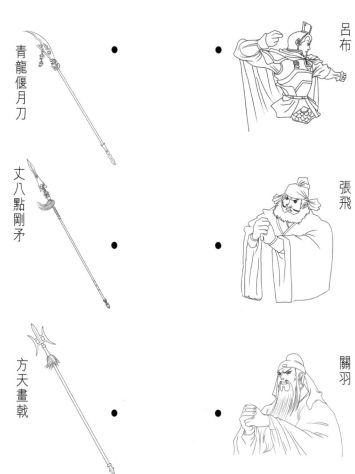

青龍偃月刀

丈八點鋼矛

方天畫戟

呂布

張飛

關羽

語文實力大挑戰

成語故事大演習

在下列空白處填上正確的成語。

1. 赤壁之戰，周瑜定計火攻曹操，他先安排黃蓋用「苦肉計」投降曹操，後利用蔣幹向曹操舉薦龐統，而龐統又根據曹軍不習慣水上作戰的特點，向曹操獻上「連環計」，將戰船都釘在一起。做好一切準備之後，周瑜忽然想起不颳東風便無法勝敵。這一故事形成了成語 _____，比喻什麼都準備好，就差最後一個重要條件了。

2. 徐庶向劉備舉薦諸葛亮，於是，劉備就和關羽、張飛帶着禮物去隆中請諸葛亮出山輔助他，恰巧諸葛亮這天出去了，劉備只得失望地回去。不久，劉備又和關羽、張飛冒着大風雪第二次去請，不料諸葛亮又出外閒遊去了。過了一段時間，三人第三次去請諸葛亮。當他們到諸葛亮家時，已經是中午，諸葛亮正在睡覺。劉備不敢驚動他，一直站到諸葛亮醒來，才彼此坐下。這個故事就是成語 _____ 的由來，比喻真心誠意、一再邀請。

三國演義

歸納大意試一試

仿照例子，將下面章節的大意歸納出來。

例：第四回──「鳳儀亭貂蟬用計，謀篡位董卓滅亡」大意可歸
　　納為：董卓暴虐無度，司徒王允利用美女貂蟬離間董卓、
　　呂布，董卓在鳳儀亭擲打呂布，自此二人結仇。後王允用假
　　傳帝位之計，誘董卓入朝，呂布在王允的挑撥下親手殺了董
　　卓。

第七回──曹操煮酒論英雄，劉備聞雷驚失箸

_____

_____

_____

_____

_____

_____

_____

_____

_____

_____

各抒己見寫一寫

請從這部《三國演義》中,選出你最喜歡的三位主角,並把這三位主角的優點寫出來。

① 我最喜歡的第一位主角是:(　　　　　　　)

　我覺得他(她)的優點是:

_____

_____

_____

_____

_____

_____

_____

_____

_____

_____

_____

《三國演義》

② 我最喜歡的第二位主角是：（　　　　　　　）

　我覺得他（她）的優點是：

③ 我最喜歡的第三位主角是：（　　　　　　　　）

　　我覺得他（她）的優點是：

_____

_____

_____

_____

_____

_____

_____

_____

_____

_____

_____

_____

_____

_____

《三國演義》

金睛火眼辨一辨

1. 羅貫中　　2. 漢獻帝
3. 孫堅　　　4. 徐庶
5. 劉備　　　6. 諸葛亮的岳父

重點追蹤填一填

1. 曹操　劉備
2. 魏國　蜀國　吳國
3. 赤兔馬
4. 木牛流馬
5. 劉備　關羽　張飛
6. 周瑜　孫策

歇後語，對對碰

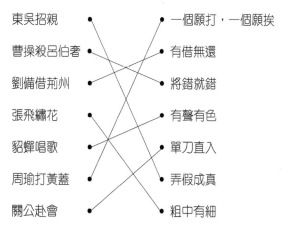

東吳招親　　　　　　　　一個願打，一個願挨

曹操殺呂伯奢　　　　　　有借無還

劉備借荊州　　　　　　　將錯就錯

張飛繡花　　　　　　　　有聲有色

貂蟬唱歌　　　　　　　　單刀直入

周瑜打黃蓋　　　　　　　弄假成真

關公赴會　　　　　　　　粗中有細

對號入座連一連

青龍偃月刀

丈八點鋼矛

方天畫戟

呂布

張飛

關羽

成語故事大演習

1. 萬事俱備，只欠東風
2. 三顧茅廬

歸納大意試一試

略

各抒己見寫一寫

略

三國演義